El amor
en los tiempos
del colesterol

Diseño de tapa: María L. de Chimondeguy / Isabel Rodrigué

GABRIELA ACHER

El amor
en los tiempos
del colesterol

EDITORIAL SUDAMERICANA
BUENOS AIRES

PRIMERA EDICION
Abril de 1999

SEGUNDA EDICION
Octubre de 1999

IMPRESO EN LA ARGENTINA

Queda hecho el depósito
que previene la ley 11.723.
©1999, Editorial Sudamericana S.A.
Humberto I° 531, Buenos Aires.

ISBN 950-07-1540-6

Esta edición de 3.000 ejemplares se terminó de imprimir en
Indugraf S. A., Sánchez de Loria 2251, Bs. As., en el mes de octubre de 1999.

El hecho de haber estado trabajando durante tantos años la temática de la mujer me ha dado la oportunidad de experimentar lo que yo llamo una "conciencia de raza".

Con esto me refiero al reconocimiento de que la mayoría de los problemas con que me había tenido que enfrentar en la vida no eran problemas particulares, sino problemas de género.

Problemas del ser mujer.

Este descubrimiento produjo un cambio abismal en mi existencia.

Una identificación tan grande con el género femenino, que ya no me permitió volver a sentirme sola.

Me generó un profundo amor y respeto por las mujeres, por el rol femenino en particular, y una necesidad de seguir profundizando el tema en compañía de otras mujeres, y de hombres de mente abierta y generosa.

Después de tiempos inmemoriales en los que nos hemos mirado con recelo unas a otras, porque fuimos formadas para vernos como competidoras, el fin de milenio trae aires de cambio, y las mujeres estamos apreciando cada vez más la compañía, la palabra y la complicidad de las otras mujeres.

Tal vez a raíz de esto es que tengo el privilegio de ser depositaria de sabrosísimas confidencias de parte de mis congéneres, las que —previo cambio de nombres y circunstancias— compartiré gozosamente con ustedes.

Por eso a ellas, a mis amigas, a todas las integrantes del Planeta Mujer, dedico y agradezco este libro.

GABRIELA ACHER

Alguien definió alguna vez, como la síntesis de la satisfacción de una vida, el tener un hijo, escribir un libro y plantar un árbol.

Por mi parte, ya escribí dos libros y tuve un hijo. Mi única esperanza ahora está en el árbol.

G. A.

Planeta
Mujer

Todo empezó una mañana como cualquier otra mientras abría mi correspondencia.

No sé ustedes, pero yo recibo continuamente enormes cantidades de cartas, no precisamente de admiradores sino todo tipo de promociones, diarios, revistas, invitaciones a eventos, a estrenos, etc., y algunos de ellos suelen ser bastante originales.

Me llamó la atención un sobre rojo, sin remitente, así que me picó la curiosidad y lo abrí primero.

(Nunca abran sobres rojos sin remitente.)

Decía...

¿¿¿Cadena para mujeres???

"Esta cadena la empezó una mujer como vos, con la esperanza de brindar alivio a otras mujeres hartas e insatisfechas.

Sólo tenés que mandar una copia de esta carta a cinco amigas que estén igual de frustradas que vos. No te va a ser difícil.

Después hacé un lindo paquete con tu marido o tu novio.

Si no tenés marido o novio, sirve tu hermano.

Mandáselo a la mujer cuyo nombre esté primero en la lista, y agregá el tuyo al final con tu número de teléfono.

Cuando tu nombre llegue a estar primero en la lista, vas a recibir 16.877 hombres para vos sola.

Por muy mala suerte que tengas, aunque sea uno de ellos va a ser infinitamente mejor que el que tenés ahora.

(Si es que tenés alguno.)

No cortes esta cadena. No seas boluda.

Son tiempos difíciles. Adherite al trueque.

Una mujer cortó esta cadena y le volvió el síndrome premenstrual.

13

Otra la tiró a la basura y nunca más le agarró la tintura. En cambio una amiga mía la siguió al pie de la letra y para el momento en que yo estaba escribiendo esta carta, ya había recibido 184 hombres.

La enterramos ayer.

Pero hubo que llamar a un cirujano que trabajó 36 horas para borrarle la sonrisa de la cara, y le tomó dos días conseguir juntarle las piernas para que se pudiera cerrar el cajón.

Así que apurate y mandá esta carta, así mi nombre se mueve más rápido."

A continuación, había una larguísima lista con nombres de mujeres... ¡y números de teléfonos!

Confieso que quedé atónita.

Que las mujeres estuvieran insatisfechas no era un tema que me sorprendiera demasiado, por la sencilla razón de que yo también soy un mujer (aunque no lo parezca) y estoy convencida de que cualquier persona del sexo femenino podría escribir un tratado sobre la insatisfacción.

¡Lo que me sorprendió fue que ya estuvieran tan organizadas!

Se ve que quedé tan shockeada con la cadena que esa noche tuve un sueño rarísimo.

Soñé que llamaba por teléfono a la Dra. Diu —especialista indiscutida en el tema mujer— para ver qué opinaba al respecto.

Me costó encontrarla porque no estaba en el país, pero la rastreé como un marido celoso hasta que di con ella... ¡en la Nasa!

—¿Qué está haciendo en la Nasa? —pregunté—.

—¡Estoy trabajando en mi nuevo proyecto!... Pero es top secret. ¡Una máquina que va a cambiar el rumbo de la historia!

—¿Una máquina? —Yo no podía creer lo que oía—. Perdóneme, no quiero parecer descalificadora pero... ¿la Nasa la llamó a usted para fabricar una máquina?

14

—¡Sí! ... ¡Una máquina recicladora de machos!

—¿Una qué?

—¡Una máquina recicladora de machos! ... ¿Vos te acordás que en el año 91 yo tenía un concurso que se llamaba "Cambie a su marido usado"...? ¿Que cambiábamos a los maridos usados de más de 40 años que ya no funcionaban, por dos de veinte 0 kilómetro?

—¡Cómo olvidarlo! —suspiré—.

—Bueno... ¡olvidalo!... Porque eso pertenecía a otra era de la humanidad, cuando había mucha testosterona en oferta y a buen precio. Pero estamos en los albores del 2000 y las cosas cambiaron mucho. Ahora si tenés un marido de cuarenta —aunque no funcione— atalo a la pata de la cama porque la escasez de hombres es tan grande que ya no se puede tirar a ninguno. ¡Ahora hay que reciclarlos!

—¿Allá también hay escasez?... Porque acá están pasando cosas terribles...

—¿Y por qué creés que me contrató la Nasa?... ¡Porque es un problema muy serio que sólo yo puedo solucionar!

—¿Pero tiene solución?

—¿No te digo que estoy trabajando en eso?... Acabo de inventar una máquina maravillosa, en forma de cápsula, en la que podés poner a una porquería de hombre y —a través de un proceso alquímico— lo convierte en un príncipe azul.

—¡Ay, qué divino invento, Dra!... ¡Se va a hacer millonaria!... ¡Más que millonaria!... ¡La van a votar para Presidente!... ¡Yo le daría el Premio Nobel!... ¡la canonizaría!... ¡Usted es una benefactora de la humanidad femenina, una diosa encarnada, una mesías salvaje...!

—Sí, pero por ahora no se lo digas a nadie porque la máquina todavía está en etapa de experimentación.

—¿Qué le falta?

—Hay que ultimar algunos pequeños detalles con los tiempos, nada, una pavada.

—¿Pero anda?... ¿Ya la probaron?

—Sí, andar anda, pero el otro día puse a un machista asqueroso, y lo programé para que saliera un divino, pero se me pasó el tiempo de cocción y me salió una bailarina clásica.

—¡Qué horror!... Dra, ¿cómo le pasó eso?

—¡La cocina nunca fue mi fuerte!

—¿Pero entonces?

—Hay que seguir trabajando, pero falta poco. No hay que desesperar. Confíen en mí que no las voy a defraudar.

El teléfono se me empezó a derretir en la mano y me desperté con el corazón en la boca.

¡Dios!... ¡Qué locura!... ¡Máquinas recicladoras de machos!

Medio dormida todavía me fui a la cocina a tomar un vaso de agua cuando recordé: ¿Cadenas para mujeres?... ¿Tiempos difíciles?

Y me dio como un estremecimiento.

¡El fin de siglo se viene con todo!, pensé.

Y no me equivocaba.

Hermana...
¿qué hay entre nosotras?

¡Un secreto!

A la semana siguiente tuve una de mis habituales actividades con grupos de mujeres, y observé —una vez más— que la comunicación entre ellas fue instantánea. Aunque la mayoría no se conocía, las conversaciones fluían espontáneamente.

En realidad, no había manera de callarlas.

Estábamos haciendo un seminario sobre comunicación que duró varios días, con especialistas venidas del extranjero.

Todas participaron activa y apasionadamente y la conclusión final fue que su problema de incomunicación era que se comunicaban demasiado.

Pero a los varones les llamaba poderosamente la atención el hecho de que las mujeres entráramos en conversación tan fácilmente.

Y me di cuenta de algo que ellos no saben y nosotras nunca les diremos.

Y es que esto sucede porque las mujeres tenemos un tema preferido para romper el hielo... y son ellos.

¡Los hombres!...

El monotema femenino por excelencia, la fuente infinita de nuestras preocupaciones y reclamos.

¡Los hombres!

¡Qué aburridos que son... cómo nunca nos escuchan... cómo no nos tienen en cuenta... cómo se fueron a la mierda... cómo hacer para que vuelvan!...

¿Dónde están los hombres?, es la pregunta que se hacen millones de mujeres a lo largo y a lo ancho del Planeta Mujer.

El hombre... ¿es una especie en extinción?... ¿Estará desapareciendo como los dinosaurios?... ¿Alguna vez hubo 11.000 hombres?... ¿O eran 11.000 vírgenes?... ¿Estarán desapareciendo los hombres como desaparecieron las vírgenes? ¿O estarán desapareciendo detrás de las pocas vírgenes que quedan?... ¿Y nosotras, nos volveremos vírgenes de nuevo de tanto estar sin hombres?... ¿Y nos pondremos una vela a nosotras mismas para conseguir uno?... Una virgen... ¿tiene permiso para verle la cara a Dios?

El fin de milenio nos encuentra con muchos signos de interrogación.

Pero es evidente que la famosa guerra de los sexos está en su apogeo en nuestros días y no para de dar jugo.

Aunque ya no se sepa bien quién es el exprimidor y quién el exprimido.

Es que la cosa está que arde.

Nadie parece estar teniendo suficiente sexo en nuestros tiempos.

O por lo menos nadie del sexo femenino.

No sé con quién lo estarán teniendo los hombres.

Porque la ciudad está llena de mujeres que se quejan de estar hambrientas de pasión y romance, pero que no encuentran un compañero adecuado.

Aparentemente el mercado del usado tiene mucha más demanda que oferta de material masculino y el hombre esta ubicándose cada vez más alto en su cotización.

Pero además, hubo denuncias de que —haciendo gala de muy poco espíritu de grupo o de la más mínima solidaridad con sus congéneres— algunas angurrientas están haciendo acopio para el invierno.

—¿Sabés qué es ser una persona promiscua? —le reprochaba una mujer a la otra.

—¡Sí!... ¡Es estar teniendo más sexo que vos!

Lo cierto es que el sexo ya hace rato que pasó a ser un material más de consumo, y casi podríamos decir que un elemento indispensable de la canasta familiar.

¿Se acuerdan de aquellas épocas antediluvianas en las que se decía que los hombres pensaban sólo en eso?

Ahora todos sabemos que las mujeres tampoco pensamos en otra cosa.

Este descubrimiento nos puso a las mujeres —que ya de por sí éramos bastante nerviosas— especialmente alteradas.

Hay que reconocerlo.

—¡Mujeres kamikazes! —diría Woody Allen—. ¡Se te tiran encima para estrellarse y morir!

Pero ni les cuento el desbarranque que les provocó a ellos, cuando descubrieron que todas esas inocentes polleritas románticas y maternales no querían otra cosa que "eso."

Menos la mamá y la hermana, claro.

Tal vez fuera ésa la razón por la que los hombres disponibles aparecían en este fin de milenio como una auténtica "raza en extinción."

Decidí que el tema valía la pena y me puse a hacer una exhaustiva investigación que terminó con el siguiente informe.

Las Dras. Clítor y Diana, de la agencia de investigaciones FIFE (si puede), nos revelan que la falta de hombres es ya un fenómeno mundial de características preocupantes, y que —para la mayoría de las mujeres— la cosa se está poniendo dura.

Pero no precisamente donde una lo necesita.

Y eso no es todo.

¿Les leo un cable apócrifo que acabo de recibir?:

"Parece que en el puerto de la ciudad de Bs. As. fue descubierto un container lleno de hombres disfrazados de porotos que iban a ser enviados de contrabando a Europa.

Los investigadores intuyeron la maniobra dolosa, ya que un envío en bodegas de lujo no tenía sentido tratándose de porotos.

Dicen que una vez decomisada la carga brotaron de entre los porotos unos machos espectaculares, y que los investigadores se hallan en la ardua tarea de clasificar la mercadería incautada... "

¿Ardua tarea?...

¿Ven que no hay justicia? ¡La cantidad de mujeres que se ofrecerían gustosas para darles unas manos! ¡Aunque más no sea para advertirles que los porotos no resulten berenjenas disfrazadas!... ¡Hoy en día hay que tener un cuidado!... ¡Hay gente capaz de cualquier cosa! Pero... ¿se dan cuenta?... ¡Como no va a haber faltante de varones!...

¡Encima de que hay pocos, ahora los exportamos!...

"¿Dónde están los hombres?", es la pregunta que se hacen millones de mujeres a lo largo del mundo.

"¡A mí también me gustaría saberlo!", es la respuesta que les dan las otras mujeres, que son las únicas que contestan.

Y si bien ellos están cuestionados como nunca antes en la historia, paradójicamente, también están más cotizados que nunca.

Las mujeres hemos avanzado en un sinnúmero de terrenos, pero nuestra dependencia de la figura masculina sigue intacta.

El hombre sigue estando en el centro de nuestro universo.

"¿Será porque pensamos como mujeres del 2000 pero en el fondo seguimos sintiendo como mi abuelita?", diría mi amiga Diana.

Es posible, pero lo que yo puedo afirmar sin lugar a dudas, es que estamos en los albores de una nueva era.

Sin siquiera proponérmelo, como una testigo muda (o bastante callada) (o charlatana pero discreta), he podido presenciar y reconocer el despertar de un movimiento cada vez más poderoso, de una verdadera epopeya femenina posmoderna.

Una conspiración silenciosa, infiltrándose por todas las hendijas del sistema.

Una auténtica búsqueda del Grial, en la que las mujeres —como Diógenes— buscan a un Hombre.

Recuerdo como si fuera hoy el día en que mi amiga Sofía —una erudita en los griegos— trataba de explicarme las bases del pensamiento socrático.

O por lo menos eso fue lo que yo creí que estaba haciendo.

23

Estábamos en su casa preparando un ensayo sobre las mujeres de la tragedia griega.

De repente —como en un rapto de iluminación— se paró muy seria frente a mí y escribió esta máxima en un pizarrón al tiempo que me la leía en voz alta:

"Diógenes buscaba a un hombre.

Yo también.

Ergo: Yo soy Diógenes".

Dicho lo cual agarró una linterna y se largó a la calle.

Nunca la volvimos a ver.

Ése fue el principio del caos.

Y no vayan a creer que éste fue un caso aislado.

A partir de ese momento empecé a percibir cada vez más marcadamente, reproduciéndose por todos los confines del Planeta Mujer, la conspiración erótica, el movimiento inmóvil, la palabra no dicha de la epopeya femenina en busca del Hombre.

Lo veo suceder una y otra vez.

Y no sólo en las muy jóvenes.

No, en mujeres de toda laya y pelaje, solteras, viudas, casadas, divorciadas, jóvenes, maduras.

Me impresionó tanto este descubrimiento, que fui a preguntarle a mi abuela —de 104 años— a qué edad una mujer deja de pensar en los hombres.

Y ella me contestó:

"No lo sé querida, ¡tendrías que preguntarle a alguien mayor que yo!"

Solteras
deprimidas

A partir del momento en que tomé conciencia de este movimiento, me puse más atenta que nunca y los acontecimientos hablaron por sí mismos.

A los pocos días tuve la siguiente revelación.

Estaba dando una de mis habituales charlas en una reunión de mujeres, y me llamó la atención el hecho de que —aunque todas ellas eran profesionales más o menos exitosas— estuvieran tan increíblemente deprimidas la mayor parte del tiempo.

Me puse a observarlas con detenimiento y me di cuenta de que su conflicto se hacía presente hasta en la ropa que usaban.

Buscaban a un hombre. Pero no les faltaba imaginación.

Algunas llevaban remeras con inscripciones como: " Soy azafata. Casate conmigo y volá gratis."

Otra llevaba un bolso que tenía bordado en letras amarillas:

"Soy soltera por elección.

Aunque no por la mía".

Una tercera ostentaba un gorrito ridículo en el que se podía leer claramente: "Esperanza perdida. Ofrezco recompensa."

Cuando terminó el encuentro nos juntamos en una confitería y empezó la hora de las confidencias en medio de la verborragia general.

Una de ellas, una maestra de jardín de infantes muy mona, le comentaba a las otras casi al borde del llanto:

—¡Por favor!... Mi vida es un páramo... ¡No sé cuánto tiempo hace que no tengo una alegría!... Necesito con urgencia conocer a un varón que tenga más de cinco años de edad.

—¡No te quejes, por lo menos son varones! —la interrumpió una peluquera muy famosa—. Vos estás en un buen ambiente para conocer hombres.

—¿Ah, sí?... ¿y dónde están? —se indignó la maestra—. ¿Me podrías decir?

—¡Qué sé yo, algún padre de esos chicos, algún tío, algún hermano!... Pero... ¿vos tenés una idea de lo que es mi trabajo? ¡Ahí los únicos hombres que conozco están mejor maquillados que yo!

—Bueno —dijo otra—, perdonen pero no me parece que lo de ustedes sea tan grave. ¡Yo soy ginecóloga y la última vez que vi un pene fue en un frasco de formol en la Facultad de Medicina, cuando cursaba el cuarto año!

—¡Por lo menos viste uno! —aulló una farmacéutica—. ¡Yo lo único que veo a mi alrededor son forros!

—¡Es que forros hay! ¡¡Lo que no hay son penes!! —chillaba otra.

—¡No hay derecho! —se quejaba una de cuarenta largos—. Como si fuera poco el tema de la escasez de hombres, ¡los de 50 y los de 20 andan atrás de las mismas chicas!

El desconsuelo era general.

Todas coincidían en que lo peor era el fin de semana.

Una confesó que se metía en la bañadera el viernes a la noche, y salía el lunes a la mañana para ir a trabajar.

—Hay una sola manera de encontrar felicidad en la soltería —me dijo—. ¡Tenés que trabajar como una hija de puta!

Otra confesó que no tiene bañera, pero pasa por el bidet los sábados y domingos. Tiene fantasías eróticas cosmopolitas:

El chorro de agua fría es un vikingo, agua caliente un caribeño, agua tibia su ex marido, canilla cerrada su presente.

En medio de aquel Muro de los Lamentos en que se había convertido la confitería, una de las chicas se ocupó de repartir tarjetas para promocionar unos grupos terapéuticos que dictaba ella.

Cuando leí la tarjeta que me dio creí que me había vuelto loca.

Decía: "Grupos de Masturbación."

—¿Grupos de masturbación? —chillé—. ¿Es un chiste?... ¿Qué hacen?... ¿Se enseñan a masturbarse?... ¿Se masturban unos a otros?... ¿Se masturban todos juntos?... ¿Se interpreta la masturbación?... ¿Se...

Y ella me interrumpió mientras corría hacia la puerta:

—Perdoname pero no puedo explicarte ahora porque se me hace tarde para dar la clase, y si no llego a tiempo, los alumnos empiezan sin mí. ¡Llamáme! —alcanzó a gritarme cuando salía.

¡Que te llame tu abuela!, pensé.

Y huí despavorida.

•   •   •

El Canal de la Mujer Insatisfecha

Esa noche, eran las tres de la mañana y yo no me podía dormir.

La reunión de mujeres me había dejado bastante alterada, y el hecho de que la gente se juntara para masturbarse me deprimía profundamente.

Prendí la tele con la esperanza de encontrar algo para distraerme que me chupara la mente.

Aunque más no fuera.

Y... ¿qué me encuentro?

Que el tema debía estar en el inconsciente colectivo del Planeta Mujer, porque allá por el canal 195 del cable me topo con un informe de una periodista cubana llamada Conchita Contento, dando dudosas estadísticas sobre... ¿Masturbación?... en

¡¡¡El Canal de la Mujer Insatisfecha!!!

Quedé petrificada. Sencillamente no podía creer lo que oían mis ojos.

Lo grabé porque si no nadie me lo iba a creer.

Decía así:

"Buenas noches, yo soy Conchita Contento, y éste es el C.M.I.

El Canal de la Mujer... Insatisfecha.

En estas épocas en que el individualismo ha cobrado un inusitado protagonismo, hay un tema que nos toca a todos profundamente: la masturbación.

El instituto árabe de investigaciones PAHA ha realizado —con la seriedad que lo caracteriza— un sondeo tipo entre 200 hombres y/o mujeres, y 200 monos y/o primates.

Frente a la pregunta:

¿Cuándo se masturba usted, antes, durante, o después del acto sexual?...

El 94% de los hombres respondió que en realidad lo hacía cuando no tenía un encuentro sexual con una compañera.

En cambio, el 87% de las mujeres, contestó que, justamente después del encuentro sexual con un compañero, es cuando más necesita hacerlo, ya que suele quedar ca... reciente.

Con respecto a los incentivos utilizados, el 72% de los hombres reconoció que sí, que se masturbaba con videos pornográficos, coincidiendo con un 48% de mujeres que afirmaron hacerlo también, pero junto a sus parejas.

Aunque hubo un inquietante 35% de mujeres que admitió que en soledad también recurría a los videos, pero se arreglaba sólo con la caja.

Pese a ello, los hombres quedaron a la cabeza del fetichismo, reconociendo —en un 48% de los casos— que son capaces de acalorarse con sólo ver una bombacha.

Un 32% recalcó la necesidad de —por lo menos— tocarla.

Y un audaz 4%... ¡de ponérsela!

Muchas mujeres, sin embargo, se reconocieron capaces de excitarse simplemente con un leve roce en el cuello... del útero.

Para concluir, el instituto PAHA nos despide con las sabias reflexiones de Woody Allen —gurú y padrino honorario del instituto—, quien afirma que la masturbación no es otra cosa que hacer el amor con la persona que uno más ama.

Y que está comprobado que los mejores amantes son aquellos que practican mucho cuando están solos.

Desde Pajas Blancas, Uruguay, fue un informe de Conchita Contento para el CMI, el Canal de la Mujer... Insatisfecha.

Apagué el televisor porque la cabeza me daba vueltas.

Me angustiaba bastante el hecho de que ya hubiera un instituto ocupado de hacer estadísticas sobre masturbación, pero lo que me resultaba sencillamente insoportable era que existiera un canal de la mujer insatisfecha.

¡Pero entonces esto ya es vox pópuli! —pensé—. ¡La insatisfacción femenina ya alcanza ribetes de epidemia!...

Imposibilitada de dormir, me senté en la cama y me puse a escribir.

Hablando embriológicamente, es correcto decir que el pene es un clítoris exagerado.

MARY JANE SHERLEY

ORGASMOS BUENOS Y MALOS

El orgasmo ha sido un acontecimiento largamente esperado en la vida de las mujeres a lo largo de nuestra historia.

Fuimos adoctrinadas durante tanto tiempo para relacionar el sexo sólo con la reproducción, que nos costó alcanzar la meta del propio placer.

No conocíamos nada sobre nuestra sexualidad, y nos guiábamos por las interpretaciones que los hombres hacían sobre ella.

Ellos tampoco sabían nada pero... ¡cómo interpretaban! Fuimos frígidas, histéricas, anorgásmicas, vaginoafligidas.

Los varones, guiados por su propia disociación, partieron la sexualidad femenina en dualidades que no hacían más que reflejar el terror de esta cultura al sexo de la mujer.

Así fue como una mujer con deseo se convirtió automáticamente en una puta; hubo mujeres para casarse y mujeres para gozar, la virginidad fue el valor femenino por excelencia, y una larga lista de etcéteras de cuyo nombre no quiero acordarme.

Por supuesto que también les debemos a ellos imágenes como la vagina dentada, o mitos como la fiebre uterina, y otros tantos peligros sexuales que supuestamente acechaban escondidos en los genitales de la mujer.

Eran épocas de represión, qué duda cabe.

—¿Por qué tengo que ser virgen? —le preguntaba a mi padre—. ¡Si nosotros somos judíos y los judíos no creen en la Virgen María!

—¡Porque si perdés la virginidad nadie se va a querer casar contigo, y yo te voy a tener que mantener toda la vida!

Como no podía ser de otra manera, yo pasé buena parte de mi vida en los divanes psicoanalíticos tratando de superar mis conflictos con este tema.

Recuerdo como si fuera hoy el día que le conté a mi analista el trauma que me provocó el ver a mis dos padres en la cama.

—¿Haciendo el amor? —preguntó.

—¡No, comiendo baclavá*!

Y si bien hoy en día ha pasado ya mucha agua bajo aquellos puentes, todavía persisten en la sociedad demasiadas ideas equivocadas acerca de la mujer y su sexualidad.

Ya que también hemos tenido que escuchar de boca de genios de la humanidad como Freud conceptos mucho más avanzados —que aún sobreviven— como el de que la mujer es algo así como un hombre castrado, y por eso tiene envidia del pene.

Pero además es tan tonta que —aunque es capaz de tener dos tipos de orgasmos bien diferenciados, uno clitoridiano y uno vaginal— no sabe distinguir el hecho de que el clitoridiano es el malo y el vaginal es el bueno.

Gracias, Papá Freud.

No sé qué hubiéramos hecho sin tus sabios conceptos.

Es probable que hubiéramos deambulado por toda la eternidad teniendo sólo malos orgasmos clitoridianos, inmaduros, perversos orgasmos infantiles que no necesitan de un pene.

"Solo las mujeres pueden tener orgasmos malos o buenos —dice Woody Allen—, el peor que yo tuve fue perfecto."

Hoy en día no sé si existe algo como el orgasmo vaginal, ni me parece que valga la pena discutirlo.

Lo que sí me siento en condiciones de asegurar —parafraseando a Woody— es que el clitoridiano es perfecto.

● ● ●

*Baclavá: Dulce sefaradí con mucho almíbar.

REACCIÓN

Dice Susan Faludi, en su extraordinario libro *Reacción* —ganador del premio Pulitzer— que cada vez que el feminismo hace algún avance significativo en sus logros, la sociedad reacciona violentamente y trata de volver todo para atrás.

Y pone como ejemplo a la película *Atracción fatal* en la que se presenta a una mujer capaz de disfrutar del sexo pero no por eso dispuesta a ser tratada como alguien descartable —propuesta muy válida que hubiera dado pie para tratar el tema seriamente— que termina convirtiéndose en un monstruo de historieta, tipo Alien, capaz de cocinarle el conejito de la nena en su afán de venganza.

Él —por supuesto— queda como un santo que lo único que quiso fue tener una inocente aventura extramatrimonial que no podía hacerle daño a nadie. Esa película aterrorizó a todos los hombres del continente americano y sus aledaños. Y forma parte de un plan rigurosamente estructurado para seguir presentando el sexo de la mujer como un peligro mortal para la seguridad de las instituciones patriarcales.

• • •

Fellatiogate

El escándalo que produjo el affaire Clinton sólo alcanzó a disminuir un poco su popularidad en algunas encuestas, y a dar pasto para el amarillismo y los chistes de todo calibre. Por ejemplo escuchar en los noticieros truchos cosas como:

"El presidente declaró —después de revelarse la mancha en el vestido de Mónica—: ¡Yo no tengo nada que ver con mi ADN!"

O "El presidente Clinton aseguró que jamás obligó a Mónica Lewinsky a mentir. Aunque después tuvo que reconocer que le tapó la boca."

O ver a la propia primera dama declarando:

"Yo voy a apoyar a mi marido incondicionalmente, y hasta el último minuto... de la presidencia. Porque el día que él ya no sea presidente, lo voy a convertir en picadillo de carne. ¿Se acuerdan de la película *La guerra de los Roses* en la que la protagonista convierte al perro en paté, y se lo da a comer al marido?... Bueno, yo voy a convertir en paté a mi marido y se lo voy a dar de comer al perro. Por ahora, ya la contraté a Lorena Bobitt para que le lleve la agenda."

Y cuando el periodista le preguntó con presencia de malicia:

—Hillary... ¿qué opina de la frase... "Detrás de todo gran hombre... hay una gran mujer?"

Su respuesta fue: "Bueno, ahora debería ser: Delante de todo gran hombre hay una mujer... arrodillada".

O ver a Mónica Lewinsky en una foto con sus cachetes inflados y la boca apretada, con un epígrafe que dice: "Está juntando evidencia."

Y en otra declarando: "Yo nunca quise perjudicar al presidente. Lo hice por mi salud, porque si yo no tengo nada para chupar... ¡chupo frío! Pero no me salió tan mal porque tengo la agenda completa para chupar de aquí al 2015. Firmé un contrato millonario que incluye los próximos cuatro presidentes, sean demócratas o republicanos."

El affaire de Clinton lo dejará registrado como el presidente más boludo de la historia.

Y lo máximo que hubiera podido llegar a perder es la presidencia.

Pero por mentiroso, no por adúltero.

Finalmente fue absuelto por mayoría de votos de senadores —tanto demócratas como republicanos— que todavía creen en la fellatio.

Ahora... ¿qué habría pasado si el presidente de los Estados Unidos hubiera sido una mujer, y la hubieran encontrado en la misma situación?...

Por ejemplo... Hillary... ¿Se imaginan?... (Les doy unos segundos para que visualicen la imagen.)

¿Tendrá el mismo peso en la balanza de la justicia un cunnilingus que una fellatio?

Les dejo la inquietud.

Digan que es muy difícil imaginar a una mujer teniendo un orgasmo con algún joven pasante —por más que él estuviera pasanteándole la lengua— mientras ella discute por teléfono con Saddam Hussein.

Esas cosas sólo las puede hacer un hombre, porque ellos tienen una especie de sexo express.

Pero en el caso de que fuera posible, ella no sólo perdería la presidencia... ¡perdería la vida!

Sería arrastrada por una limusina a través de todo el país y apedreada públicamente por todos los norteamericanos y algunos extranjeros que viajarían a propósito.

Los rusos le tirarían las piedras del muro de Berlín, los chinos, los de la muralla china que desharían para la ocasión, los Pink Floyd le tirarían The Wall y el resto de los ingleses le tirarían con los Rolling Stones.

Los argentinos —para no ser menos— le tiraríamos la piedra movediza de Tandil.

Los españoles le tirarían el peñón de Gibraltar, y los republicanos le darían el golpe de gracia tirándole las Montañas Rocallosas.

Ella finalmente moriría sepultada y su marido tendría que cambiarse la cara y el nombre y mudarse a Zimbabwe hasta el día de su muerte, dos días después, porque se suicidaría a los pocos minutos de llegar, al ver el cartel con que lo esperarían los zulúes diciendo: "Fuera yankee cornudo."

A partir de ese momento, todas las niñas del mundo serían circuncidadas antes de nacer y las mujeres volveríamos al cinturón de castidad, sólo que ahora los harían de titanio soldado.

●　●　●

EL VIAGRA...
¿SERÁ LA MÁQUINA RECICLADORA DE MACHOS?

Es evidente que el descubrimiento de que el orgasmo femenino no depende del pene, provocó un terremoto tan grande que escindió los cimientos mismos del Estado patriarcal, firmemente construido alrededor del emblema del pene erecto.

Por eso la ciencia, en un momento histórico en el que tendría que buscar nuevas y más justas soluciones para que la mujer pueda disfrutar su sexualidad sin correr riesgos de embarazos no deseados —soluciones que no recaigan siempre sobre su cuerpo, ya que, si ella queda embarazada, es porque tuvo relaciones con un hombre fértil— reacciona e inventa el Viagra.

Instala nuevamente al pene erecto en el centro del universo.

Y vuelve todo para atrás.

Lo que nadie se imaginaba era que en este fin de milenio íbamos a poder escuchar diálogos tan delirantes como éstos que escuché yo entre mujeres:

—¡Mi novio no me toca ni con un palo!... ¡Para mí que es gay!

—¡Siempre la misma negativa!... ¿Por qué tenés que pensar lo peor?... ¡A lo mejor tenés suerte y es sólo impotente!

O este otro:

—¡Menos mal que se inventó el Viagra! —se entusiasmaba una— porque eso va a mover el mercado del usado. Con la escasez de hombres que hay, ya nadie se va a fijar si es material reciclado.

—¡Pero van a estar más disociados que nunca! —afirmaba la otra—. ¡Si ya antes no necesitaban que una mujer les gustara para calentarse con ella, imaginate ahora... ¡con

erección por receta!... ¿Quién los para?... No a los penes...
¡A ellos!

    —Bueno... ¿Cuál es la diferencia entre uno y otro?...
—se rió la primera—. ¿O acaso no sabés qué es un grano en
un pene?

    —No.

    —¡Un derrame cerebral!

• • •

EL IMPERATIVO ORGÁSMICO

Los nuevos tiempos se presentan llenos de nuevas necesidades y por lo tanto de nuevas exigencias entre los sexos.

Las mujeres, más dueñas de sí mismas y con menos culpa por su sexualidad, reclaman otro lugar en la danza de los sexos.

Gerard Vincent en su libro: *El cuerpo y el enigma sexual* nos introduce en el concepto de lo que él llama "el imperativo orgásmico."

Según palabras del propio Vincent: "Los hombres y las mujeres están estableciendo nuevos contratos sexuales que recaen sobre el placer e inauguran una verdadera democracia sexual."

O se proponían inaugurarla.

Porque aparentemente la liberación femenina, que debería haber provocado la primera y auténtica "democracia sexual", en realidad provocó el éxodo de hombres más grande del que se tenga historia.

El hombre le ha temido a la mujer desde el principio de los tiempos.

Le ha temido a su poder creador, al milagro de la vida que pasa por su cuerpo. Y la represión que se ejerció sobre ella no es otra cosa que la consecuencia de ese miedo primordial.

Porque además, al reprimir la sexualidad femenina, el hombre se aseguraba también la descendencia (Mater certa, pater semper incertus.)

Y el control total sobre ella.

Por eso hoy, si a todos los temores masculinos primordiales le agregamos el hecho de que la mujer se liberó sexualmente y reclama a su compañero su derecho al placer tan demorado, no es descabellado suponer que el pánico del hombre es total.

Porque al haber perdido el control sobre ella, teme haber perdido el control sobre sí mismo.

Una mujer sexuada exige satisfacción.

Conoce. Tiene con qué comparar.

Produce más miedo a no poder.

Dice Lipovetsky en *La era del vacío*:

"La mujer, con sus exigencias sexuales y sus capacidades orgásmicas vertiginosas, se convierte en una compañera amenazadora que intimida y genera angustia. El espectro de la impotencia masculina persigue la imaginación contemporánea, impotencia que —según los últimos informes— aumenta en razón del miedo a la mujer y su sexualidad liberada."

Gracias Lipovetsky, ahora me quedo mucho más tranquila.

Y a esa altura de los acontecimientos —no saben el vértigo que me produjo esa altura de los acontecimientos— me vino a la mente la imagen de una hipotética pareja del futuro, formada por una frígida y un impotente, revelándome amorosamente las claves de su felicidad.

"¡Nosotros nos llevamos fantástico!... Siempre estamos de acuerdo. No tenemos ni un sí ni un no, ni un orgasmo, ni nada."

La noche que terminé de leer el libro de Lipovetsky quedé con una sensación rara en la boca del estómago.

El orgasmo —como la menstruación, pensé— está destinado a ser un tema de conflicto en la vida de las mujeres.

Tanto por su falta como por su presencia.

Prendí la tele con la esperanza de encontrar algo bien light que me sirviera de somnífero, pero... ¿qué creen que me tenía deparada la tele?

Otro informe de la periodista cubana en... ¡el Canal... de la Mujer... Insatisfecha! ¡Hablando de orgasmos!

Puse a grabar.

Decía así:

¡Hola! Yo soy Conchita Contento, y estamos transmitiendo en directo desde Cayo Largo para el CMI, el Canal de la Mujer... Insatisfecha.

El informe de los Dres. Esperm and Himens de la universidad de Coitus, Ohio, frente a la pregunta: "¿Cuántos orgasmos puede tener la mujer?" dice que:

El 62% de las encuestadas del primer grupo —17 a 30 años— puede tener el 14,2% por lo menos uno. El 33% no menos de seis, y el 13% tiene que consultarlo con su analista.

El 37% del segundo grupo —31 a 69 años— no puede tener el 48% más de 4, y el 52% menos de dos.

El tercer grupo —70 a 90 años— no sabe... no contesta... lo olvidó.

Estos datos tan esclarecedores dejan el escalofriante resultado de que el 50% de las mujeres tiene varios orgasmos.

Lo que no quiere decir que los tengan una sí y una no, sino más bien que de 100 hay 30 que tienen 70 orgasmos cada una, y hay 70 que no tuvieron nunca ninguno.

De todas maneras, no son tarea sencilla las estadísticas sobre el tema, teniendo en cuenta lo proclives que somos las mujeres a fingir los orgasmos.

Pero no se puede fingir una erección.

Y hablando de erecciones...

¿Saben ustedes en qué consiste una erección?

Es muy sencillo.

Los doctores Esperm and Himens nos explican que una erección es causada por toda la sangre que está habitualmente localizada en el cerebro, que —repentinamente— decide abandonar la materia gris y ubicarse en el pene, y que probablemente ésta sea la razón por la cual un hombre no puede pensar y coger al mismo tiempo.

Desde Cayo Largo, fue un informe de Conchita Contento para el CMI: El Canal de la Mujer... Insatisfecha.

Apagué la tele indignada.

—¡Esto se acabó! —decidí—. El tema de la insatisfacción femenina ya me está obsesionando demasiado y voy a tener que hacer algo al respecto.

—¡Mañana vendo la tele! —pensé... Y otra vez, desvelada, me puse a escribir.

*En el único momento en el que una mujer
tiene un verdarero orgasmo es cuando
va de shopping.
Todos los demás son fingidos.
Pura cortesía.*

JOAN RIVERS

¿POR QUÉ LAS MUJERES FINGEN LOS ORGASMOS?

Es evidente que el pasar del "derecho" al orgasmo al "deber" del orgasmo ha provocado tanto en hombres como en mujeres nuevas exigencias mutuas, que los afectan a ambos por igual aunque se manifiesten de distintas maneras.

Ellos tienen que tener una erección.

Sí o sí.

Nosotras tenemos que tener un orgasmo.

Falso o verdadero.

En las antediluvianas épocas anteriores a la revolución sexual, o —como prefieren llamarla las historiadoras— la época A. C. (Antes del Clítoris) las mujeres no debían poder fingir los orgasmos, porque para poder fingir algo, hay que primero tener aunque sea una imagen de ello.

Y por aquellas épocas el orgasmo femenino no había llegado a la cita.

Las mujeres no sabían lo que debían sentir y los hombres tampoco sabían cómo procurárselo.

En ese sentido estaban mucho mejor que nosotros.

Pero hoy —revolución sexual de por medio y gracias al bombardeo de información sobre el tema— no existe una sola mujer que no sepa lo que DEBE sentir, ni un solo hombre que no se sienta obligado a procurárselo.

Aunque no sepa bien cómo.

Y aquí comienza el camino del gran conflicto femenino.

No hablemos de los casos en que te toca un irresponsable que no se encargó mínimamente de leer algún manual del Kamasutra, de investigar dónde queda el punto G, o de comprarse en el subte un planito para acceder hasta el clítoris.

Ésos no se merecen que los nombremos y mucho menos que nos molestemos en fingir un orgasmo.

Hablemos de un divino, alguno de esos ejemplares masculinos con los que —de vez en cuando la vida— se toma contigo un café con leche con medias lunas de manteca rellenas de jamón y queso.

Hablemos de alguien que se ocupa de vos, que te besa mucho, que te hace juegos previos, que se preocupa por hacerte gozar.

¿Cuánto tiempo lo vas a dejar trabajar al pobre como un enano antes de entregarle un buen orgasmo?

¿Y qué pasa si tu cuerpo no responde, si cuando más querés llegar más se te aleja, si el hecho de que el tipo te importe y se esfuerce tanto te presiona más y se te hace imposible entregarte?

Ahí comienza el camino del Averno:

"Dios mío... va a pensar que soy frígida y va a salir corriendo pero cómo hago si no puedo antes ser frígida podía tener un cierto confuso prestigio pero ahora es el peor estigma sobre una mujer del 2000... ay sí sí así pero un poco más despacio sí sí así tengo que concentrarme y seguir voy a tratar de aflojarme estoy tensa como un arco cómo era la respiración yoga sí sí así qué rico me encanta seguí así Dios mío me faltan como 20 cuadras y éste hombre se va a agotar tengo miedo de que le dé una hernia o se le pare el corazón o algo peor sí sí así me gusta mucho no me lo dejes de hacer seguro que las otras mujeres demoran menos no sé cómo hacen y él ya está empezando a aflojar y yo todavía no pagué la cuenta del teléfono espero que no me lo corten como a mi prima que tuvo que volver a pedir la línea y además pagar un vagón de guita ay sí sí seguí así por favor sí ahí ahí quedate a vivir ahí... i. .i..i... falsa alarma le caen las gotas de transpiración más que gotas ya son cataratas y si le da algo yo qué hago como ese hombre que se quedó seco en un hotel alojamiento arriba de su amante y sí sí así mi amor ¡qué santo! él sigue la verdad que está como para competir en una olimpíada me dan ganas de aplaudirlo pero de acabar nada y yo también estoy empapada...

¿Qué hago?"

¿Qué se hace en estos casos?

¡Fingirlo!

O sea, lo peor.

Reconozco que es muy difícil evitarlo ya que las mujeres somos los seres más culposos del mundo y nos hacemos demasiado cargo a la hora de cuidar la autoestima masculina.

Y sabemos por experiencia que a la hora del sexo es cuando ellos sienten que tienen que rendir su máxima prueba.

Pero fingir un orgasmo no sólo no los ayuda sino que los aparta cada vez más de la realidad.

Fingir un orgasmo es un acto de autodestrucción, de extrema desconfianza en nosotras mismas.

Y en el otro, ni te cuento.

Pero además es peligroso porque provoca adicción.

Fingir un orgasmo es un pasaje de ida.

Mi amiga Ana me contaba de su primer y largamente esperado encuentro sexual con el septuagésimo "hombre de su vida."

"Todo fue perfecto pero yo por supuesto no acabé porque estaba muy nerviosa —nunca puedo acabar la primera vez—, pero fingí para que él no se sintiera mal y me diera la chance de volver a hacerlo a ver si en la próxima hacíamos algo que me gustara a mí. Pero él seguía a pesar de haber acabado seguramente pensando en mí así que tuve que fingir por segunda vez para no defraudarlo y asegurarme que hubiera una próxima vez pero lo que nunca me imaginé era que la próxima vez iba a ser enseguida porque él parecía decidido a sacarme hasta la última gota de jugo falso así que tuve que fingir por tercera vez pero te juro que es sólo por esta primera vez."

Es completamente adictivo.

Y —por si todo esto fuera poco— está comprobado que puede traer devastadores efectos secundarios.

Un informe de la Agencia FIFE dice que se ha hecho una investigación en más de un millón de mujeres, a lo largo de varios años, y se ha podido observar que fingir orgasmos puede provocar halitosis, pie de atleta, soriasis, herpes zooster, crecimiento del vello facial, várices, gonorrea, hemorroides, varicela, vómitos, alergias, culebrilla, caída del cabello, tricomonas, envejecimiento prematuro, flaccidez, celulitis, úlcera del duodeno, gastritis, colon irritable, diarrea, estreñimiento, paperas, encías sangrantes, obesidad, vértigo, mononucleosis, asma, amigdalitis, juanete, etc. etc.

De verdad es un tema muy serio.

La gran revolución sexual del fin de siglo debería ser que las mujeres definitivamente dejaran de fingir los orgasmos.

Así como en el pasado las feministas hicieron una simbólica quema de corpiños en alusión a la libertad de sus pechos, las mujeres de ahora deberíamos hacer una simbólica quema de bombachas en alusión a la sinceridad de nuestros genitales.

Yo ya empecé.

No, no he quemado las bombachas.

Me he jurado a mí misma que nunca más, bajo ninguna circunstancia, ni siquiera por el hombre más devastador del universo, voy a volver a fingir un orgasmo.

Nunca, nunca más.

Salvo que fuera necesario.

● ● ●

Zen o el arte
de ensartar a un hombre

Poco a poco las circunstancias me fueron llevando a una conclusión cada vez más clara.

Y era la de que había llegado la hora de abandonar la idea romántica y adolescente, muy propia de las mujeres, de que si somos lindas y buenas y tenemos ganas de enamorarnos, los hombres van a aparecer en nuestras vidas como por arte de magia, mientras nosotras estamos acostadas comiendo chocolates delante de la tele.

No señor, en este momento histórico en que la escasez de testosterona es un problema a nivel internacional, y por lo tanto la competencia se ha vuelto despiadada, hay que seducir.

O sea, trabajar.

Ser "pasiva" y "esperar sentada" podía tener sus virtudes en el pasado, cuando los objetivos eran otros, pero en el final de los '90, si lo que una quiere es acostarse... ¡hay que salir de la cama, por lo menos!

Valga la paradoja.

Llegó la hora de tomar conciencia de la realidad, y ésta nos advierte claramente que se acabó lo que se daba.

Nos cuesta aceptarlo porque muchas de nosotras supimos conocer épocas de esplendor, en las que el material masculino abundaba, y las mujeres podíamos comer y tener sexo.

Pero eso se acabó.

Es época de vacas flacas; por lo tanto hay que apretarse el cinturón.

Hay que apretarse el cinturón, ponerse los tacos, pintarse, comprarse el wonder bra, armarse hasta los dientes y salir a la calle.

¡A trabajar!

Ahora, lamento informarles que —según una investigación muy seria de la universidad de Coitus en Ohio, está comprobado que Buenos Aires es el peor lugar del mundo para seducir.

Los hombres aquí están un poco agrandados ya que las mujeres los superan en número aproximadamente por 300 a 1.

Pronto nos va a pasar como en Francia, que tienen 365 clases de queso, uno para cada día del año.

Bueno, acá los hombres —si seguimos así— van a poder tener a una mujer distinta para cada día del año.

A vos te va a tocar el 13 de marzo, a vos el 8 de agosto, el 20 de setiembre para aquélla... ¡Y no se va a poder cambiar la fecha!

Si el día que te toca te duele la cabeza... ¡Cagaste!

¡Vas a tener que esperar hasta el otro año!

El otro día estaba paseando por la Recoleta con una amiga argentina que hace años se fue a vivir a los EE.UU. Conversábamos acerca de las diferencias entre las dos culturas y ella se mostraba encantada con los americanos.

—¡Allá las latinas somos unas reinas! —sostenía—. ¡A los americanos les encantan las mujeres cálidas!... Y no hace falta ser una belleza, les gusta nuestra onda, nuestro sex appeal. En cambio acá, si tenés más de catorce años, ya quedaste fuera de concurso.

Un buen mozo que pasaba y escuchó el comentario la miró con ostensible reprobación y siguió de largo.

Ella se detuvo y me hizo esta observación:

—Yo no sé si para las argentinas estará tan claro como para mí —viste que el vivir afuera te cambia mucho la mirada— pero... ¿ustedes se dieron cuenta de que los porteños no están nunca necesitados, nunca hambrientos?... Todos tienen ese aire bien alimentado de un tigre que acaba de terminar su cena... ¡están empachados!

—¡Y las mujeres haciendo cola para tirarles el cuerito! —agregué.

Nos reíamos como locas aunque las conclusiones eran bastante deprimentes.

—¡Te juro que en ningún lugar del mundo he visto la locura que tenemos las mujeres de este país con el tema de la belleza y la juventud! —señalaba mi amiga—. Las mujeres en los EE.UU. están más relajadas en ese sentido. Y las de Francia ni te explico. Allá ni siquiera se depilan, van tan campantes con los pelos debajo del brazo.

—¡Ay! Sí, ni me digas, cada vez que veo una película francesa en la que las actrices llevan los sobacos peludos, las miro con una mezcla de envidia y asco. ¿Y qué pasa con los tipos?

—¡A los hombres les gustan así! Porque ellas se atreven a ser todas diferentes, cada una es como es. Están más seguras de sí mismas. No como acá que nos da la fiebre y de repente somos todas rubias, o pelirrojas como se usa ahora... ¡Estamos uniformadas!... ¡Parece que siguiéramos un patrón!

—Sí, a veces seguimos un patrón, a veces seguimos un peón... ahora no se puede elegir mucho —bromeé.

Después de un rato de caminar, nos sentamos en una confitería a tomar algo y —aunque parezca increíble— tuvimos que escuchar sin proponérnoslo la conversación de la mesa de al lado.

Yo hasta ese momento creía que el problema de la falta de varones era fundamentalmente de las mujeres de 40 para arriba, pero no.

El tema estaba en todas partes.

Eran tres chicas bastante jóvenes —no llegaban a los 30— con cara de preocupadas.

—¿Dónde están los hombres? —pregunta la primera.

—¡En la peluquería haciéndose los claritos!... —contesta una.

—¡En lo del cirujano poniéndose glúteos de basquetbolista! —replica otra.

—¡Ahora ellos también quieren ser objetos sexuales! —concluye una tercera.

Y yo pensé...

¡Dios mío!... ¡Es verdad!

¡Ahora somos todos objetos sexuales!...

Ya no queda gente.

Las chicas sólo quieren divertirse.

CINDY LAUPER

Que un ser humano —ya sea mujer o varón— elija ser un objeto sexual o de cualquier otra categoría, es algo que escapa completamente a mi entendimiento.

Se es "objeto" cuando no se tiene otra posibilidad, o cuando se obedece a un mandato, pero no como una libre elección de vida.

Sencillamente no me entra en la cabeza la idea de que alguien se objetive a sí mismo por propia voluntad.

A la mujer el rol de objeto le fue impuesto por una cultura que no le preguntó su opinión. El hombre objetivó a la mujer como una manera de controlarla, y ella creyó ser la imagen que veía en los ojos de él.

Pero detrás de esto existen siglos y siglos de mandato.

Y sin embargo, cada vez hay más hombres —cuyo mandato no es precisamente ése— que eligen ser un "objeto" sexual.

Y —lo que es peor— hay millones de mujeres dispuestas a acompañarlos ardorosamente en la travesía.

Una de las cosas que me llama la atención en este fin de milenio es la locura que han generado en las mujeres los famosos shows de strippers masculinos.

Debo decir —en mi descargo— que no los conozco personalmente, porque no hay nada que me divierta menos que tocar bultos ajenos.

Pero vi las películas, y la verdad es que me cuesta creer la histeria colectiva que es capaz de provocar en las mujeres del público el contoneo grotesco de los patovicas aceitados.

Sinceramente, no logro conectar nada de eso con lo que yo entiendo por sexualidad femenina.

59

Para empezar, nuestro erotismo no se asienta en lo visual.

Nosotras no tenemos como ellos "glándulas sexuales en los ojos."

Puede ser el más lindo del mundo pero si tiene el coeficiente intelectual de un churrasco, no nos va a erotizar.

Necesitamos otras cosas, más sutiles, como la palabra, la actitud, la mirada, el auto...

¡No, era una broma!

En cambio a ellos no les importa.

El hecho de que no les caiga bien una persona no les resulta un impedimento para poder tener buen sexo con ella.

Es más, ni siquiera necesitan que alguien les guste para que los erotice.

Con que les guste un pedazo, un culo, unas tetas, alcanza.

Tienen un erotismo disociado.

Pero las mujeres no somos así.

Las mujeres necesitamos el romance, el juego amoroso, la seducción, la INTIMIDAD. Necesitamos la charla, el contacto, el conocimiento, el olor.

¡El olor!

El olor del hombre es un elemento clave en la sexualidad femenina.

Y no debería ser tomado superficialmente.

Conozco a muchas mujeres que han sido capaces de negociar lo innegociable por un olor a cuello masculino.

Y ellas también me conocen a mí.

Pero ése es otro capítulo.

El hecho es que el erotismo masculino y el femenino tienen sus diferencias y no son intercambiables.

Las películas porno, por ejemplo, están pensadas exclusivamente para la sexualidad masculina. No existen películas porno para mujeres.

Porque las mujeres necesitamos aditamentos.

No nos arreglan con derroches de penes gigantescos, primeros planos de penetraciones abruptas, o chorrear de líquidos seminales.

Una película que erotice a las mujeres tiene que contar con otros elementos.

Necesitamos lindas casas, lindas ropas, buenos climas.

Para el momento de llegar a la cama necesitamos seducción, cariño, muchos besos, caricias, juegos previos y... ¡tiempo!

Música, velas prendidas, ritos, sedas.

Además el hombre no puede ser cualquiera.

El hombre tiene que tener un coraje a toda prueba (con los otros), pero ser capaz de soportar las humillaciones necesarias para templar su carácter (por parte de ella), tiene que adorarla por encima de todas las otras mujeres de la tierra, y hacerla sentir muy especial.

Debe ser fiel como un perro, valiente como Lancelot, honorable como Gandhi, paciente como Buda y tener lindos zapatos.

Y además tiene que estar muy bueno.

La película más erótica que yo vi en toda mi vida es *La lección de piano.*

Él se enamora de ella porque la escucha tocar el piano o sea porque le ve el alma pero ella no confía porque es muda bueno en realidad no confía porque es desconfiada pero es muda además no recuerdo si por desconfianza o por nacimiento y casada con otro por obligación entonces él la espera y le regala el piano pero le cobra las clases con ropita que ella se tiene que ir sacando a cambio de las teclas no me acuerdo bien si le regala el piano entero o tecla por tecla pero sí recuerdo como si fuera ahora la escena en que él le limpia el piano desnudito y le saca lustre con la camisa papito les juro que lo que más me calentaba no era que estuviera desnudito sino cómo le limpiaba el piano con la camisa él no es lindo pero te lo querés llevar para tu casa y la desea de tal manera que el sólo roce del agujero de la media de ella le produce una perturbación tan grande que lo arroja dentro de un frenesí incontrolable pero se controla porque es un santo y más estoico que madre soltera hasta que llega un momento en el que el pobre está tan obsesionado por ella que está casi insano no come no duerme no entiende nada.

Entonces ella se calienta.

Nunca en mi vida había visto tantos ratones femeninos corriendo por un cine como ese día que fui a ver *La lección de piano*.

Las mujeres no queremos que los hombres se enamoren.

Queremos que se enfermen.

En cambio el porno masculino es más al pan pan y al vino vino.

Las protagonistas son chicas con grandes tetas y pequeños cerebros que no necesitan besos, no necesitan juegos previos, no necesitan romance y definitivamente no necesitan ropa.

La única cualidad moral que se les pide es que no sean egoístas y que conviden a un par de amigas para retozar con ellos.

Y que las reciban con amor.

A ellas no les importa que las lleven a bailar ni a cenar, y tampoco les importa un carajo si vuelven a ver al tipo en su vida.

Están siempre listas para ser penetradas en el acto y no son quisquillosas con respecto a por dónde —siempre será bienvenida— pero además cuando se la sacan, lloran.

Él sólo tiene que tener un pene siempre erecto en primer plano.

Y, si es posible, dos.

El erotismo femenino y el masculino son diferentes.

Pero estamos atravesando un momento histórico en el que el cambio de roles es brutal, y nos tiene a todos bastante confundidos.

Los hombres y las mujeres están imitando las peores cosas del otro.

Ellos, al objetivarse a sí mismos.

Ellas, al impostarse en una actitud sexual que no le es propia porque en realidad corresponde a la sexualidad masculina.

Tal vez el único verdadero sentido de este desplazamiento sea que los dos sexos puedan experimentar el lugar del otro, y que esto les ayude para comprenderlo.

De cualquier manera, y para ser absolutamente sincera, yo no creo que las mujeres —en el desborde que les producen los strippers— estén desatando el sexo sino la alegría, el permiso, el juego.

Si ahondamos un poco la mirada, podremos verlas —más que como a hembras descontroladas de deseo— como a niñas sueltas en una juguetería.

Las chicas sólo quieren divertirse —canta Cindy Lauper—. ¡Y se están divirtiendo, qué duda cabe!

Pero la verdad es que yo no le encuentro la gracia.

¿Me estaré poniendo vieja?

¡No contesten!

•   •   •

Los hombres y las mujeres somos iguales.
Sólo que ellos tienen que firmar los cheques.

FRAN DRESCHER

A mi modo de ver, el problema más grande con el que se enfrentan los sexos en este fin de milenio es el de un enorme desconcierto mutuo.

Ya nadie sabe dónde está parado ni qué se supone que debe hacer.

Los hombres y las mujeres nos hemos convertido en extraños unos para otros, y relacionarnos se nos está haciendo muy difícil.

Pero a las mujeres lo único que nos quedó claro es que la consigna es seducir, a cualquier precio.

¡Sólo que ya no tenemos la más mínima idea de cómo se hace!

En la película *Sintonía de amor* Tom Hanks hace el personaje de un viudo, que —después de un tiempo de hondo dolor— decide que quiere volver a relacionarse con las mujeres pero, como había estado casado durante dieciséis años, ya había perdido toda referencia de cómo se hacía.

Entonces su amigo lo aconseja:

—Las cosas cambiaron mucho en los '90 —le decía—: ahora cuando conocés a una mujer que te gusta, primero te tenés que hacer amigo. Eso puede llevar dos o tres años. Después, ambos se hacen el test del sida, y —si está todo bien— pueden ir a un hotel a hacer el amor con preservativo. La buena noticia es que el hotel lo pagan a medias.

65

—¡Yo nunca dejaría pagar a una mujer! —protesta Tom Hanks.

—Te van a adorar —le contesta su amigo.

Pero es verdad que antes las reglas entre los sexos eran más sencillas.

¿O será que ya las habíamos aprendido?

Por lo menos algunas cosas estaban claras, a saber:

Ellos pagaban las cuentas. Esto estaba fuera de toda discusión.

Ellos sabían que las tenían que pagar. Nosotras sabíamos que ellos sabían.

Y ellos sabían que nosotras sabíamos que ellos sabían.

Claro como el agua.

Pero ahora nadie sabe nada.

Con el cambio de roles brutal en que nos encontramos hoy en día, y teniendo en cuenta el hecho de que ahora las mujeres ganamos dinero —y en algunos casos más que ellos— este tema ya no está tan claro para nadie.

Mi amiga Teresa —feminista de la última hora pero obsesiva de la primera— salía por primera vez con un pintor, y quería hablar conmigo porque estaba preocupada por algo.

—Me parece que es un tipo fantástico —me decía entusiasmada—. ¡Es tan creativo! Fui a ver su obra —está exponiendo en la galería de Álvaro— y me encantó lo que hace. Nos quedamos charlando y me invitó para cenar hoy en un restaurante de Palermo.

—¿Y cuál es el problema?

—¡Que no sé qué tengo que hacer cuando llegue la cuenta!

—¿Por qué?... ¿No decís que te invitó?

—Bueno, no sé si me invitó, no me quedó muy claro.

—Pero te dijo, por ejemplo: "¿Te invito a cenar esta noche?"... o "¿Me invitás a cenar?" o... "¿Cenamos ?"... ¿o qué?

—No sé, no me acuerdo exactamente porque yo estaba tan fascinada con él que no entendía nada de lo que decía, pero me parece que él también fue bastante ambiguo. Supongamos que me dijo algo así como... "¿Por qué no nos encontramos el viernes en el restaurante Azafrán?"... ¿Qué quiso decir con eso?... ¿Es una invitación?... Yo no entiendo el código de los tipos... ¡Decime!

—¿Y qué te hace pensar que yo los entiendo?... ¡Ellos viven en un universo alternativo!... ¡Yo no sé lo que piensan!... ¡Es como tratar con los extraterrestres!... No hay que entenderlos... ¡Hay que descifrarlos!

—Por lo menos lo que me dejó claro es que no es ningún machista.

—¿Ah, sí?... ¿Y cómo te diste cuenta?

—Bueno, porque estábamos hablando de qué tipo de mujer le gustaba y me dijo que a él siempre le atrajeron las mujeres independientes, porque le gusta compartir responsabilidades.

—¡Cagaste! —le dije—. ¡Vas a tener que pagar vos!

—¿Te parece?... —se ensombreció—. ¡Pero yo no sé cómo se hacen esas cosas!... Me parece que mejor espero a ver si paga él. Claro que si lo dejo que él pague sin decir nada, temo que piense que me estoy haciendo la boluda, y después me tengo que aguantar que digan que las feministas somos las peores, porque hablamos de independencia, pero igual queremos que ellos paguen...

—¿Y no es así? —pregunté irónica.

—¡Sí!... ¡Pero no quiero que se dé cuenta!

—¡Bueno, pero entonces somos nosotras las que tenemos que hacernos cargo de nuestra contradicción!

—¿Por qué? —protestó Teresa—. ¡Si ellos nos quieren independientes pero que los esperemos en casa!... ¿Cuál es la diferencia?

—¡Entonces pagá vos y quedá como una reina! —sugerí.

—Pero si me ofrezco a pagar yo tengo miedo de que se ofenda. Tampoco quiero parecer muy masculina. Y no me gustaría arruinar la relación desde el principio.

—Sí, tenés razón, es mejor arruinarla al final... Bueno, entonces... ¿Por qué no le ofrecés que la paguen a medias?

—¡Ay, no! no sé... porque me parece que eso sólo se hace con los amigos. Pero con los tipos queda raro... aunque tiene que haber una manera... tal vez tendría que ofrecerle pagar yo lo mío y él lo suyo, pero yo sólo como ensalada, no te olvides que soy soltera... y por ahí piensa que pago lo más barato... también me parece un espanto... ¿Te imaginás?... ¿Los dos mirando el menú para ver cuánto sale cada cosa? ¡Un horror!... ¡Mejor me quedo sin comer!... Punto. No como y dejo caer una servilleta cuando llegue la cuenta...

—¡Ahí está! —le dije—. Hacé como hacen ellos, que se las saben todas. ¿Viste cuando los tipos se acercan a una mesa donde hay mujeres y se sientan durante horas pero no toman nada?... ¡Es tan obvio que lo hacen porque no quieren pagar!... Así que quedate tranquila que va a quedar muy natural que aceptes ir a una cena y no comas. Nadie se va a dar cuenta de que es para no pagar.

—Bueno —deliraba la pobre—, si le digo que estoy haciendo un ayuno de penitencia o una dieta de sacrificio o que hice una promesa... ¿Qué le digo?... ¡Ayudame!

—¿Y yo qué sé, Teresa?... ¿Dónde querés que lo averigüe?... ¿En un manual de buenas costumbres?... ¡Éstas son situaciones nuevas en la historia de los sexos!... ¡No hay antecedentes!

Lamenté horriblemente no poder ayudarla pero me tuve que despedir porque se me hacía tarde, aunque me di cuenta de que el tema se le había convertido en una obsesión.

Mientras esperábamos el ascensor me seguía rumiando en el pasillo:

"Pero además... ¡yo no sé recibir! Si alguien me paga me lleno de culpa y enseguida siento que le debo la vida, soy capaz de pagar fortunas por un mendrugo, pero si yo le pago estoy segura de que él no va a querer lavarme unas bombachas. Pensar que luché tanto por mi independencia y ya me olvidé para qué la quería."

Y este tipo de historias se repiten una y otra vez.

Otra amiga, Liliana, 45 años, elegantísima y editora de una revista de modas, me contaba indignada:

—¡No se puede creer!... ¡Los tipos ya no tienen vergüenza! ¡Éste hombre me venía persiguiendo desde hacía años y yo no le daba bola!... Finalmente decido salir con él. Estaba deslumbrado, encantado, abocado a seducirme por fin. Me lleva a cenar a un lugar divino, frente al río, y eso me causó muy buena impresión. Él estaba impecablemente vestido, pero cuando empezamos a conversar noté que sólo hablaba de lo que tenía. Habló de sus propiedades aquí y en el exterior, de sus fábricas, de sus poderosos amigos, de sus continuos viajes, etc. A mí ya con eso me pareció un plomo arrogante pero no quise arruinarme la noche, así que seguí poniendo buena voluntad. Ojalá no lo hubiera hecho.

—¿Por qué?

—¿Querés creer que no contento con esto y sin que nadie se lo preguntara empezó a nombrarme las marcas de todo lo que llevaba puesto?.. "Este saco es de Armani, la camisa es Polo, el sweater es Bremer, los guantes y el cinto son de Trusardi, las medias de Jacob, los zapatos de Boticelli, la bufanda de Benetton, la corbata es de Dior, el ataché es de Fendi, el reloj es un Rolex..." ¡Yo no podía creer lo que estaba escuchando! Y pensaba... ¿qué le pasa?... ¿Estará tratando de que lo ponga en la revista?

—¡Un tarado auténtico! —concluí—. ¿Y qué hiciste?

—Me empecé a deslizar hacia abajo de la mesa de la vergüenza que sentía, pero él no lo registraba, embebido por el relato de sus posesiones. ¡Pero eso no es todo! —seguía Liliana—. Cuando llegó la hora de pagar... ¡No tenía suficiente dinero!... ¡Sólo traía 25 pesos!... Ni tarjetas ni nada... ¡Me pidió plata a mí para pagar la cena!... Pero decime una cosa... ¿Consigue una cita después de años para cenar con la mujer de sus sueños, se viene vestido como un catálogo del Vogue, y trae 25 pesos?... ¿Pero qué le pasa?... ¿Puede una persona pasarse horas hablando de su dinero y no traer para pagar la cena?... ¿Por qué lo hace?... ¡No lo entiendo!

—Yo sí —dije muerta de la risa—. Es evidente que el tipo no quiere que pienses que no trae dinero porque es pobre... ¡Quiso dejarte claro que no trae dinero porque es amarrete!

Pero no terminan acá las historias con el dinero.

Otra amiga me contaba el final de su romance con un contador.

—¡Eso me pasa por salir con un contador! —se quejaba—. ¡Me tendría que haber dado cuenta antes!... ¡No sé cómo aguanté tanto tiempo!

—¿Por qué?... ¿Qué le pasaba?... ¿Te hablaba de impuestos?

—Sí —se reía—, pero eso no hubiera sido lo peor. Era un avaro de historieta. Hablaba continuamente de dinero. Cuánto cuesta esto, cuanto costaría esto otro, qué vale lo de más allá, qué le descontaron, cuánto le desembolsarían, qué le rebajan, qué le cargaron a su cuenta, cuánto le acreditan, qué le regalan, qué le dan a crédito, qué le conviene, qué vale lo que pesa, cuánto le financian, qué le adeudan, qué es lo que ganaría, la relación calidad-precio, el precio del poder y el horror económico... ¡Madre mía!... ¡Nunca conocí algo igual!... ¡Contaba hasta los espermatozoides!

—¡No es verdad!

—¡Te juro!... ¡Después de hacer el amor, se quedaba un rato largo con el forro en una mano, y una calculadora en la otra, calculando los millones de espermatozoides que se perdían en cada coito! Y se veía que el tema lo trastornaba. Seguramente pensaría en un mejor destino para ellos, por ejemplo, reproduciéndose alegremente para poder brindar al mundo más gente como él.

Conclusión:

El dinero en los albores del 2000 es un tema más tabú que el sexo.

Pero no por eso menos penetrante.

Y me quedé con esta reflexión.

Los hombres y las mujeres ya no podemos intercambiar los fluidos, ya no podemos intercambiar las economías... si seguimos así... ¡pronto no vamos a poder intercambiar el saludo!

Dos teléfonos
donde no llamarme

Y otra de las cosas que antes estaba clara era el tema de la iniciativa.

Ellos se acercaban, ellos invitaban, ellos llamaban por teléfono.

Reglas inamovibles.

Las mujeres no tomábamos la iniciativa jamás.

No podíamos sacarlos a bailar, no podíamos invitarlos y definitivamente no podíamos llamarlos por teléfono.

Las mujeres de varias generaciones nacimos sabiendo que teníamos que esperar al lado del teléfono a que el hombre llamase.

Si él no llamaba, vos llamabas... a todas tus amigas para quejarte.

Pero a él no. Eso estaba interdicto.

Que levante la mano la mujer que no haya puesto alguna vez todas sus oraciones al servicio de que llegue por fin la llamada del príncipe azul de turno que le cambiaría la vida.

El teléfono ocupa un lugar impresionante en la vida de las mujeres.

No conozco una sola de cualquier edad que no haya perdido un gran porcentaje de su preciosa vida esperando al lado de un teléfono.

Mi amiga Roxana me cuenta que una vez pasó tanto tiempo esperando una llamada que —como no sabía qué hacer— se puso a calcular cuántas horas de su vida había perdido esperando al lado de distintos teléfonos llamadas de distintos hombres que no llamaron y se dio cuenta con horror de que en total se había perdido casi cuatro años de su vida esperando.

—Es como haber estado en cana —comentó.

Pero esto es casi un sino de las mujeres de todos los tiempos.

Debe estar en el inconsciente colectivo, en el ADN, en el disco rígido de la raza femenina.

Esperar una llamada.

Porque —según mi abuela— esto le sucedía a las mujeres incluso desde mucho antes de que se inventaran los teléfonos.

Sí, así como lo oyen.

Sería bueno tomar la información con pinzas porque mi abuela está un poco ida, pero ella me cuenta que —cuando estaba de novia— se sentaba durante horas al lado de una pared en la que hubiera estado el teléfono si se hubiera inventado, a esperar la llamada del abuelo. Y que era capaz de quedarse indefinidamente frente a la bendita pared preguntándose: ¿Por qué no me llamó?

Cuando mi abuelo venía a verla desde otro pueblo, ella le reprochaba amargamente que no la hubiera llamado, y entonces él le tenía que explicar una y otra vez que él no la podía llamar porque los teléfonos no se habían inventado, entonces ella se iba a la puerta de la calle y lo insultaba al cartero. Y así por años.

Pero todo aquello es historia.

Las mujeres de hoy no tenemos tiempo que perder, y no estamos dispuestas a invertir nuestras preciosas horas esperando al lado de un teléfono.

Además los tiempos han cambiado.

Ahora tenemos teléfonos celulares, inalámbricos, públicos, tarjetas, contestadores. Podemos trasladar las llamadas, desviar las llamadas, interrumpir las llamadas, ponerlas en espera, en remojo o en aceite, podemos saber quién llama antes de atender, podemos saber quién va a llamar antes de que él mismo lo sepa y dentro de poco vamos a poder obligar a la gente a que nos llame. ¡Ahora es imposible incomunicarse!... ¿O no?

Mi amiga Roxana sonaba desesperada.

—Te juro que no entiendo a los tipos —se quejaba—; vos no sabés porque hace mucho que no hablamos, pero yo estuve saliendo tres meses con un tipo divino, un ingeniero nuclear.

—¡Me contaste!... ¿No te acordás?... —le dije—. Si hablamos como una hora por teléfono y me dijiste que estabas re enamorada. Que desde que se conocieron se habían quedado pegados. O que vos te habías quedado pegada... bueno, no me acuerdo... lo que sí me acuerdo es que yo me puse super contenta y te pregunté: "... ¿Y cuándo nos vemos? ¡Cuando él no pueda!", me contestaste.

—Sí, no sabés, pasamos tres meses maravillosos, de entendimiento total. Bueno, en realidad un mes porque él se empezó a poner fóbico a partir del segundo mes, pero tuvimos una relación perfecta —por lo menos eso era lo que yo creía—, hasta que él se empezó a poner cada vez más raro y a espaciarme las llamadas. Pero yo lo llamaba y me contestaba, no como ahora que hace dos días desapareció y no me volvió a llamar.

—¡Otro fugitivo! —exclamé—. Y van...

—¡No me imagino qué le puede haber pasado, si estaba todo bien! —me interrumpió—. Y lo peor es que no es la primera vez que me pasa... ¡Desaparecen cuando está todo bien!... Decime la verdad... ¿Seré yo?... ¿O es que los tipos están del tomate?

Pregunta difícil de contestar porque Roxana es la más obsesiva de mis amigas y toda su vida es un continuo tropezar con la misma piedra. Es tan grande su dependencia con los hombres que los tipos terminan huyendo despavoridamente de ella.

—¡Por ahí es una combinación de ambas cosas! —le dije—. Aunque yo creo...

—¿Qué hago? —me interrumpió otra vez desesperada—. ¿Lo llamo? ¿O espero un poco más?

—Bueno —medité—, si podés esperar sin morir en el intento, sería mejor. Sabés lo quisquillosos que son con respecto al tema de la iniciativa. Además vos ya lo llamaste y él no contestó y dos días tampoco son tantos. Por ahí tuvo algún problema. Dale tiempo.

—Sí, tenés razón, tampoco quiero darle una imagen de desesperación. Voy a esperar a que llame él. Más tarde o más temprano va a llamar. Después de todo, si no llama, él se lo pierde.

—Por supuesto —le dije—, tomátelo con calma. Ellos pueden oler la desesperación a varias cuadras y te puedo asegurar que no les gusta.

Intenté cambiar el giro de la conversación para distraerla, pero antes de dos segundos volvió a la carga.

—¿Sabés qué voy a hacer?... ¡Lo voy a dejar!... Sí, no me digas nada. Un tipo que desaparece se merece que lo deje... sí, lo voy a dejar, que se joda por boludo, ya se va a dar cuenta y se va a querer matar. Y si algún día vuelve lo voy a mandar a la mierda... ¡se acabó!... Lo dejo y punto...

—¡Por qué tendrás que ser tan extremista! ¿No podés...?

—Ahora... ¿me podés decir cómo se hace para dejar a alguien que desapareció?... ¡Vos tenés que saber!... Decime algo... ¿Lo llamo yo para decirle que lo dejo?... ¡Voy a quedar como una boluda!... ¿Vos no lo llamarías para decirle que lo dejo?...

—Sí... ¡así quedamos como dos boludas!... ¡Por favor Roxana, no te des manija... te estás enrollando como una persiana... lo mismo ahora te llama y estuviste sufriendo al pedo!

—Yo siempre sufro —me contestó—, cuando estoy bien y cuando estoy mal. Es más, me parece que cuando estoy mal estoy mejor. Porque entonces sé que no puedo estar peor... ¿Entendés?

La pobre no tenía consuelo. Se fue para su casa con el corazón partido.

Esa noche en casa de Eduardo, el ingeniero, alguien oyó sonar el teléfono y atender un contestador:

"¡Hola, soy Eduardo, después de la señal dejá tu mensaje!... piiip..."

"¡Hola, Eduardo, soy Roxana, te llamo porque necesito que me llames para decirme por qué no me llamaste ayer. Anteayer cuando te llamé me dijiste que me llamarías mañana, o sea ayer, pero ya es hoy —casi mañana— y vos todavía no me llamaste. Te llamo hoy por si vos estabas pensando en llamar mañana para que adelantes el llamado para hoy y si es posible para ayer. Pensar que me compré el celular sólo para que vos me pudieras encontrar siempre que me llamaras, pero vos no sólo no me llamaste más desde que lo tengo sino que ahora tenés dos teléfonos donde no llamarme.

"O sea que tu silencio se duplica, pero además yo pago doble por él y sufro doblemente el que no me llames. No sé si hice un buen negocio con esto del celular. Porque si yo no lo tuviera, vos en lugar de no llamarme dos veces no me hubieras llamado sólo una, y entonces yo podría haber estado sufriendo sólo la mitad.

"Pero también es cierto que si no lo tuviera, yo tendría que estar llamándote para dejarte el teléfono de cada cabina telefónica por la que pasara, para que pudieras llamarme en el caso de que quisieras decirme por qué no me llamaste.

"Por eso... Eduardo... llamame porque tu silencio no sólo me está rompiendo el corazón sino que además me está haciendo pelota el bolsillo. Si no querés hablar conmigo por algún motivo llamame y decime... entonces yo pongo los contestadores en los dos teléfonos y vos podés dejarme dicho en el contestador de cada uno por qué no llamaste a ese teléfono en particular o si querés llamá a uno y explicá por qué no llamaste al otro y viceversa así no se te hace tan aburrido llamar y decirme POR QUÉ NO LLAMASTE."

Roxana todavía no se explica por qué el tipo desapareció.

Me la encontré después de varios meses.

—¿Y Roxie...? ¿Qué fue de la vida del ingeniero?

—¡Desapareció sin dejar rastro! —contestó.

—¿Y vos no lo llamaste más? —pregunté.

—¿Estás loca?... ¿Te pensás que soy una pordiosera?... ¡No lo llamé nunca más!... Lo llamé sólo para su cumpleaños... etc, etc.

Y así.

Obsesión que no tiene nada de sublime

La obsesión es un tema importante en la vida de las mujeres.

Por supuesto que no es privativa de lo femenino, pero creo que las mujeres ya estaríamos en condiciones de privatizarla.

Porque nuestra obsesión más grande... ¡son ellos!

La obsesión es como un estado de sitio.

Una queda ocupada como una fortaleza tomada, como *La última carreta* (con Richard Widmark) rodeada por los indios que te tiran flechas encendidas pero por dentro de tu cabeza, y sentís que te estás quemando el cerebro con las interpretaciones más delirantes acerca de las razones de por qué el hombre que a vos te importa no te llama, o está con otra, o no está contigo, atrapada sin salida por pensamientos circulares que vuelven y vuelven como el eterno retorno de algo que quema y que sólo se puede calmar consiguiendo al tipo que lo que más quiere en la vida es huir de vos.

Muchas lo llaman amor.

———————

Pero el final de milenio no nos da alternativas.

Nos exige aggiornarnos o con gloria morir.

Por eso las mujeres ya no aceptamos ese rol horriblemente pasivo de consumir las vidas esperando llamados y reclamamos el derecho a tomar nuestras propias iniciativas.

Y nuestros propios tubos de teléfono... ¿por qué no?

En nuestros días una mujer puede llamar a un hombre las veces que quiera... ¿Qué le puede pasar?

Ahora no hay que seguir ninguna regla preestablecida.

En todo caso, las nuevas reglas las vamos a establecer nosotras.

El otro día mi amiga Laura me preguntaba qué hacía con un tipo que acababa de conocer. Se vieron en una muestra de arquitectura y diseño —ella es arquitecta, 48 años, monísima— y se miraron durante mucho rato, pero él no se acercó. Así que ella se tuvo que quedar más tiempo del que hubiera querido porque si no lo hacía no se hubieran conocido... ¡Y vuelta a la lista de espera!

—Ellos no se acercan —dice Laura—, pero si vos te acercás se les baja.

—¿Por qué decís eso?

—No sé qué les pasa a los tipos, pero no les podés preguntar la hora sin que piensen que los querés envolver y llevar para tu casa.

—¡Y vos que los llevarías sin envolver! —me reí—. Mirá Laura, es cierto, pero esto sucede sólo entre gente de una cierta edad. A los hombres de nuestra generación los pone inseguros el avance de las mujeres. Porque no saben cómo comportarse frente a una mujer que escapa a los códigos establecidos. Pero mi sobrina —de veinte— cuando le gusta mucho un chico, lo encara directamente y le dice: "¡Quiero que me des besos!" Y no he conocido uno que se le resista. Las nuevas generaciones están liberándose del peso de la iniciativa. Se acerca el más decidido de los dos. O el que tiene más ganas. Y eso no les condiciona el resto de la relación.

—Sí, bárbaro, pero... ¿y los más grandes qué hacemos?... No sabés el montón de artilugios que tuve que utilizar hasta que conseguí que alguien nos presentara. El tipo me miró toda la noche pero de acercarse, nada... ¡Al final están más histéricos que nosotras!

—¡Que ya es decir!... Bueno... ¿Y entonces?

—Finalmente pudimos charlar un rato y el tipo me encantó. Nos dimos las tarjetas con los teléfonos pero nunca llamó. Yo tengo ganas de llamarlo pero no quiero dar el primer paso, porque eso después lo pagás.

—¡No empieces con paranoias! —le dije—. ¡Aprendamos algo de las nuevas generaciones! ¡Llamalo!... Llamalo tranquilamente, como la cosa más natural del mundo. Así ya vas estableciendo una pauta en la relación. Si empezás desde el principio con el histeriqueo de quién llama, después te vas a tener que quedar esperando llamados para siempre. Y no es un destino para vos, Laura.

Pero ella no estaba convencida. Su orgullo no se lo permitía. Y su experiencia, menos.

Entonces —como una manera de protegerse— empezó a fantasear con todas las sorpresas espantosas que podrían aparecer en la conversación si ella lo llamaba... (por ejemplo que él le dijera "estoy casado", o "soy gay" o "tomé los hábitos", etc.) y se preparó como para tener una respuesta ingeniosa para cada una de ellas.

Finalmente se animó y lo llamó.

El tipo no se acordaba de quién era ella.

La pobre se quedó muda. Fue lo único que no se le había ocurrido.

Él se disculpó y le dijo que iba a estar ocupado por los próximos dos años, entonces ella pudo deprimirse tranquila.

Y así, a medida que nos acercamos a un mundo de igualdad, las mujeres vamos a lograr las mismas oportunidades que los hombres de ser rechazadas, incomodadas y humilladas sin consuelo.

Casadas
aburridas

Un marido es lo que queda de un amante, después de que se le extrajo el nervio.

HELEN ROWLAND

No es fácil la vida de las solteras en nuestros días.

Aunque parece que las casadas tampoco la llevan de arriba.

El 90% de las casadas que yo conozco se declara profundamente aburrida.

El otro día estábamos festejando el cumpleaños de una de ellas y —como es cada día más común— se festejaba sólo entre mujeres.

Festejando es una manera de decir porque aquello parecía otra sucursal del Muro de los Lamentos.

Me acerqué a la dueña de casa y le dije: "¡Hola Marta!"

—¡Marta, no!... ¡Harta! —contestó—. A partir de ahora quiero que me llamen Harta!... ¡Porque estoy tan harta! ¡Mi marido me tiene tan harta!...

—¿Qué hizo ahora? —me reí.

—¡No, no te rías, porque vos siempre lo defendés!

—¡Pero si es un santo!... ¿Cómo no lo voy a defender?... Te adora y te tiene como una reina. Te satisface todos tus caprichos...

—¡Y me hace llegar tarde a mi propia fiesta!... No puede soportar la idea de que yo festeje con mis amigas... ¡No sé qué le pasa pero siempre me hace lo mismo!... ¡Es de no creer!... Un hombre de 50 años, profesional reconocido, lleno de prestigio dentro del ambiente empresario, pero... ¡llega a casa y se vuelve pelotudo!

—Bueno —argüí—, todos los hombres quieren que los atiendan cuando llegan a casa. Son mimosos. No es ningún pecado.

—¿Mimoso?... ¡No, vos no entendés!... —aulló fuera de sí—. ¡Es un inútil!... ¡Nunca vi a nadie más inútil! Cuando necesita algo... ¿Vos te creés que lo busca?... ¡Eso es lo que haría una persona normal!... ¡Él no!... ¡Él no lo busca!... ¡Lo llama!

—¿Qué quiere decir que lo llama?

—Que se para en el medio de la habitación y dice, en voz alta, por ejemplo:

"¡Mi sobretodo de pelo de camello!"

Y espera.

O si no grita: "¡Las llaves del auto!"

Y espera.

Y yo le digo: "Pero... ¿qué hacés...? ¿Pensamiento mágico?... ¡Invocás a los espíritus de las cosas y esperás que vengan solas?... ¿No te das cuenta de que si no las buscás vos las tengo que buscar yo?..." ¡Entonces se ofende y no me habla por tres días!

—Bueno —la consolaba yo—, tomalo con calma, Luis es un tipo buenísimo, que te da todos los gustos. Recuerdo que cuando éramos chicas vos siempre decías que querías vivir en un palacio. Y este hombre te trajo a vivir a su palacio. Porque esta casa es lo más parecido a un palacio que vi en mi vida.

—¡Tal vez de afuera esta casa se pueda ver como su palacio! —replicó—. Pero te aseguro que adentro... ¡Es su guardería!...

—Estás exagerando, como siempre...

—Pero además... ¡No me da bola!... ¡De la puerta para afuera es otro tipo!... ¡Me tiene de adorno!... ¡Cuando va a salir, se pone los zapatos, se pone el sobretodo y se pone la esposa!

Dejé a Marta atender a la gente que seguía llegando, y me senté en una mesa —en realidad me senté en una silla— junto a otras amigas que también estaban quejándose de sus maridos.

—Te juro que no lo entiendo —lloriqueaba mi amiga

Cecilia—, pero si había algo en lo que estaba asentada nuestra pareja era en el diálogo. Recuerdo perfectamente que, antes de casarnos, Gustavo podía pasar toda la noche sin dormir pensando en algo que yo le decía.

—¿Y ahora no te escucha?

—¡Ahora se duerme antes de que yo pueda terminar de decirlo!

—¿Y vos te quejás? —protestaba Emilia—. ¡El mío se duerme cuando habla él!...

—¡No es cierto!

—¡Te lo juro!... Ayer fuimos a un asado con unos amigos, lo estábamos pasando bárbaro, y a mi marido se le ocurre proponer el septuagésimo brindis. En el medio del discurso por el brindis se quedó dormido mientras hablaba. ¡Se quedó dormido con el vaso en la mano! ¡Delante de todos nuestros amigos! ¡Me hace pasar cada papelón...!

—Bueno, estará cansado, no es para tanto.

—¡No es porque está cansado!... ¡Es porque está casado!... ¡El matrimonio lo convirtió en el hombre más aburrido que existe!... Cuando estábamos de novios no era así. Era un tipo divertido, le gustaba bailar, siempre quería hacer el amor... y ahora... ¡No me registra!... ¡Y sólo hace cinco años que estamos casados!... ¿Qué futuro me espera?... ¿Pero saben qué es lo peor de toda esta historia?

—¡No!... ¿Hay más?

—¡Lo peor es que yo nunca quise casarme!... ¡Me casé porque él insistió durante años!... ¡Quería casarse, formar una familia, bla bla bla...! Y yo le decía: "¿Por qué casarse...? ¡Si estamos bien así!..." Pero él era tan celoso que no soportaba la idea de que viviéramos en casas separadas. Y yo al final cedí como una boluda para darle el gusto. ¡Le tendría que haber hecho caso a mi madre!... ¡Al final resultó más viva que yo!

—¿Por qué? ¿Qué te dijo?

—"¡Nunca le des a un hombre lo que quiere!... ¡Le arruina el apetito!"

Otra estaba atacada con el mundial de fútbol.

—Pero... ¿quién inventó el fútbol? —aullaba—. ¿Qué mente retorcidamente antifemenina pudo inventar semejante enemigo de la convivencia?... ¡Y encima un mundial!... ¡Algo que no se termina nunca!... Termina un partido y empieza otro, y después otro y otro... y después de la cancha hay que verlo en la televisión, y escuchar a Macaya en la radio... y después pasan los goles, u otros partidos, de otros equipos de otros países, y hay que ver los penales, o ver el mismo partido desde otro ángulo que lo pasan en otro canal, con las cámaras colocadas en otro lado desde donde se ven mejor los goles, pero además cuando terminan los mundiales empiezan las copas y las recontracopas y el etc. etc. ¡No soporto un minuto más!... ¡Mi marido está completamente autista!... ¡Poseído por el fútbol!... Es como vivir con un ente. No sabe no contesta. Pasa días sin pronunciar una palabra y si yo le hablo... ¡no me contesta!... ¡Los días que está más comunicativo consigo que me haga un gesto con la cabeza...! Estoy tan desesperada que estuve hablando con una amiga, la diputada Emma Bombeck, porque ella propuso un proyecto de ley que las mujeres tenemos que apoyar incondicionalmente. Dice así: "Si un hombre mira más de tres partidos de fútbol al hilo, deberá ser declarado legalmente muerto." Y yo lo voy a votar.

Dicho lo cual se puso siete masitas en la boca y se calló por un rato.

Las quejas y los reclamos acerca de los maridos eran la tónica de la reunión, pero al cabo de un rato notamos que María no había abierto la boca en toda la tarde, cosa absolutamente inusual en ella.

María no es de las que se privan a la hora de hablar y mucho menos a la hora de quejarse. Cuando le preguntaron cómo andaba su matrimonio, ella trató de rehuir el tema.

Era evidente que estaba pasando por un muy mal momento porque no le daba ni para quejarse, pero se la notaba tan compungida que las demás la animaron para que hablara.

Hasta que al fin, con enorme dificultad y sin poder contener más las lágrimas, contó que lo había echado al marido porque roncaba.

Las otras pusieron el grito en el cielo.

—¿Pero te volviste loca?... ¿Cómo lo vas a echar por eso?... ¡María, estás cometiendo una injusticia espantosa!... ¡Todos los hombres roncan!

—¿¿Cuando están cogiendo?? —gritó en un ataque.

No la podíamos calmar ni con torta de chocolate.

El único consuelo que tuvimos para María fue asegurarle que acabábamos de dictaminar —por unanimidad— que lo suyo era insuperable.

Y en ese mismo instante la nombramos reina de las casadas aburridas.

Pero el ambiente se había caldeado. Los ánimos de las mujeres se habían encendido, y entramos en otros niveles de confidencias.

Las más optimistas pensaban en un amante.

—Yo me voy a buscar un amante, lo tengo decidido —confesó Cecilia—, un amante que sea casado también, porque entonces vamos a estar en la misma situación, por lo tanto me va a comprender más, y no me va a pedir que me divorcie. Me parece una solución ideal. Quién te dice... nos divertimos... ¡y encima salvamos a dos familias!

—¿Hablás en serio? —Hubo agitación en el ambiente.

—¡Qué va a ser en serio! —comentó otra—. ¡Podrá tener la cabeza llena de fantasías pero tiene los dos pies bien plantados arriba de su marido!

Las más pesimistas hablaban de divorcio.

Pero las divorciadas tampoco daban muchas esperanzas.

—¡Es lo mismo! —aseguraban—. ¡Haceme caso a mí que ya me divorcié tres veces!... Al principio te parece que es distinto, pero, después de un tiempo, se convierte en lo mismo, como si los hubieran clonado. ¡Si miro para atrás y pienso en mis tres maridos, me doy cuenta de que hay tan poca diferencia entre uno y otro, que hubiera ganado guita si me quedaba con el primero!

—Ahora... ¡qué mandato fuerte éste del matrimonio! —intervino una psicóloga—. Comprendo que ellos se casen porque el matrimonio es la mejor escuela para formar el carácter de un hombre. Pero no puedo comprender por qué seguimos casándonos nosotras una y otra vez, si el único rasgo de individualidad que se le permite a una mujer casada es su cepillo de dientes.

—¿Cuánto tiempo pasa entre el momento en que pensás que su ex mujer era una idiota hasta que descubrís que la idiota sos vos? —preguntaba una novata.

—Bueno, depende —replicaba otra—; yo creo que el matrimonio puede durar toda la vida.

—Sí, si podés superar el aburrimiento —contestó una tercera—. Lo que pasa es que una mujer no sabe qué tipo de marido no quiere hasta que se casa.

Todas las conclusiones terminaban en un callejón sin salida.

Y yo pensaba... ¿Cómo no va a existir un canal de la mujer insatisfecha?

Las solteras estaban desesperadas por conseguir un novio.

Las casadas agonizaban de aburrimiento y se querían tirar por la ventana.

Las divorciadas les recomendaban que no se separaran porque después iban a querer volver a casarse y toda la película empezaría de nuevo, con la diferencia de que las iba a agarrar cada vez más cansadas, y con las valijas más pesadas.

Pero además —y éste fue el argumento más contundente— les aseguraban que una vez que dejaran al aburrido de su marido libre, se iban a dar cuenta de las hordas de mujeres que están haciendo cola esperando para cazar algún producto suelto que entre en un mercado cada vez más yermo.

—¡El mercado del usado está que arde! —se mataban de la risa—. ¡Vas a ver cómo —cuando se lo lleve otra— el aburrido de tu marido se va a convertir en el hombre más excitante y divertido del universo!

El panorama era desolador.

Las solteras envidiaban a las casadas, las casadas envidiaban a las divorciadas, las divorciadas querían volver con el primer marido... que ya estaba casado con otra a la que envidiaban por eso, aunque ella seguramente también querría divorciarse y así.

Ad infinitum.

Cuando tomé conciencia de que el aburrimiento era un tema tan recurrente entre las casadas, pensé que tendría que hacer algo por ellas.

Busqué y busqué en el diario durante varios días porque estaba segura de haber leído alguna vez información al respecto.

Y no me equivoqué.

Finalmente encontré una institución que se encargaba del tema. Y me pareció muy recomendable. El aviso decía así:

AMACA: "Asociación Mundial de Ayuda a las Casadas Aburridas."

AMACA es una organización internacional sin fines de lucro que se ocupa del aburrimiento de amplio espectro desde hace décadas y brinda asesoramiento gratis a todas las casadas aburridas que así lo soliciten.

AMACA funciona a través de distintos y muy variados grupos terapéuticos de autoayuda, no sólo para las casadas, sino también para otros familiares de aburridos.

Aquellas personas que quieran participar de cualquiera de los grupos deberán hacer la solicitud con mucha anticipación, porque estamos abarrotados.

Y los nombres de los grupos eran:

"Cómo reconocer a un marido aburrido antes de casarse."
"Cómo hacer para que el aburrido de tu marido no te contagie."
"No poner todo el aburrimiento en un solo marido."
"Aburrirse es vivir."
"Profundizando el aburrimiento."
"Me aburro. Por lo tanto, estoy casada."
"Zen y el arte de aburrirse con otro."
"El yoga del aburrimiento."
"Meditación aburrida."
"Elogio del aburrimiento."
"Yo me aburro, tú me aburres."
"El aburrimiento como camino."
"Aburrimiento divino."
"Aburrimiento y trascendencia."

"Nuevos paradigmas en aburrimiento."
"Así se aburría Zaratustra."
"El aburrimiento en los libros sagrados."
"Eternidad del aburrimiento."
"Aburrimiento bueno y aburrimiento malo." Etc. etc.

—¡Extraordinario! —pensé—. ¡Esto es exactamente lo que necesitan las chicas!... —Lo recorté y se los mandé inmediatamente a todas por fax.

—¡Y después dicen que no estamos en el primer mundo! —gritaban eufóricas en el teléfono—. ¡Como si aquí no tuviéramos profesionales que ofrecen respuestas para las necesidades de la gente!... ¡Siempre pensando que lo de afuera es mejor!... Pero no es así... ¡A aburridos no nos gana nadie!

Ese domingo, llamé por teléfono a Montevideo para hablar con mi madre, y ella empujó la conversación —como lo viene haciendo desde que tengo uso de corpiño— hacia el tema del matrimonio.

A mi madre no le importa el hecho de que yo esté escribiendo un libro, ni que esté haciendo una película, ni que esté por ganar el Premio Nobel.

Ella siempre me pregunta lo mismo:

"¿No tenés ganas de casarte?"

—¡Yo estoy casada con el humor, mamá! —le contesté—. ¡Y no es el peor marido que tuve!

> *Muéstrenme una mujer que no sienta culpa*
> *y yo les devolveré... un hombre.*

ERICA JONG

Cada vez que doy alguna de mis charlas para mujeres, la diversión está asegurada.

Después de terminar mi actuación, es inevitable que nos pongamos a charlar animadamente de nuestro tema favorito... ¡los hombres!

—¡Qué distinto es todo cuando estamos las mujeres solas! —me decía una—, me doy cuenta de que nos divertimos más que cuando están los maridos.

—¡Qué viva! —le respondí—. ¡Porque cuando no están podemos reírnos de ellos sin culpa!

—¡Y de nosotras mismas! —acotó—, pero además hay como otra libertad, no sé, me da la sensación de que cuando están ellos no nos animamos a reírnos de cosas que nos hacen gracia, porque tememos que nos censuren.

—¿Y las censuran? —pregunté.

—¡Sííí! —contestaron a coro.

—Estamos muy pendientes de su aprobación —dije— y eso no nos deja ser.

—¡Es cierto! —agregó una psicóloga—. Yo me especializo en familia y trabajo desde hace años los temas de la mujer. Te imaginás que no soy ninguna improvisada, me las conozco todas, pero aun así, cada vez que me enamoro, empiezo a dudar de lo que creo.

—Bueno —respondí—, las mujeres tenemos miedo de pensar de una manera independiente, por varias razones. En primer lugar porque no nos enseñaron a separar el amor de nuestro propio sentimiento de independencia. Pero además, porque hay algo en nosotras que nos dice que no se puede ser una mujer autónoma y ser a la vez, la mujer ideal.

—¿Y se puede? —preguntó una.

—¡Por supuesto que no! —contesté.

—Ahora que lo mencionás, yo me doy cuenta de que —a veces— me muestro más débil de lo que soy para que mi marido se sienta mejor... ¡Qué locura! ¿No?... Antes de casarme viví sola durante muchos años y sé perfectamente cambiar una bombita, usar un destornillador, cambiar cueritos, hasta sé arreglar el coche... pero igual siempre se lo pido a él... ¿qué es eso?

—¡Culpa! —repliqué—. ¿Alguna vez oyeron hablar de ella?

—¡No! —se mataban de la risa—. Pero vimos una película.

Una de ellas se puso muy seria y empezó a contar su historia.

—Yo me casé con mi marido por culpa, tuve a mis hijos por culpa, los crié durante 25 años por culpa, y ahora cuido a mis nietos por culpa. No puedo hablar mal de la culpa. A ella le debo toda mi felicidad.

—Las mujeres somos "culposas glandulares" —comenté—, no nos gusta enfrentar al hombre bajo ninguna circunstancia, no tenemos permiso para enojarnos y además obedecemos a un mandato interno de cuidarlos como si fueran niños. El otro día escuchaba una charla muy interesante de Robert Bly y Deborah Tannen, acerca de los hombres y las mujeres. Él contaba una anécdota de un hombre que se quedó viudo, y al que —inmediatamente— todas las amigas que lo rodeaban trataron de consolar.

—¿De consolar o de levantar? —se reían las guachas.

—¡De consolar... de verdad! —aclaré—. Todas se hacían cargo de su dolor, y sentían que tenían que consolarlo. Que eso era lo que había que hacer ante el dolor. Pero él le comentó a Robert Bly que se sentía oprimido por ese consuelo. Que eso lo debilitaba, lo hacía sentir como un niño. Que no lo ayudaba en lo más mínimo. "Los hombres no hacen eso —argüía—, los hombres no sienten que te tengan que consolar. Se solidarizan de otra forma, pero tratan de mantenerte fuerte. De que no decaigas. En cambio las mujeres te debilitan con tanto consuelo."

—Es verdad que somos sobreprotectoras —asumí—. Pero la sobreprotección no es amor.

La sobreprotección es hija de la culpa, nieta de la bronca, hermana del egoísmo y madre del réncor.

La solemos confundir con amor pero no tiene nada que ver con el amor. Se trata del control y del poder.

Un hijo sobreprotegido no generará amor hacia la madre sino rencor por haberlo hecho débil.

Las mujeres hemos sobreprotegido el ego de los varones durante demasiado tiempo y no sólo no los fortalecimos sino que los debilitamos.

Porque en la sobreprotección hay una calidad de menosprecio por el otro, y muchas veces —aunque parezca increíble— no los perdemos por abandono, sino por sobreprotección.

—¡Es que el ego de los varones es demasiado pesado para que lo lleven solos! —se reía la psicóloga—. Necesitan una mujer que les ayude a sostenerlo. ¿Sabés por qué un hombre no puede ser lindo e inteligente a la vez?

—¡No! —me reí.

—¡Porque sería una mujer!

—También creímos que escondiendo nuestra fortaleza los haríamos sentir más fuertes —continué—, pero es un error de la misma naturaleza. Los dejamos ganar. Como si fueran niños. Y eso... no los favorece. Los hombres se avergüenzan de sus debilidades y las mujeres de sus fortalezas... Ahora... ¿quieren saber lo que pienso de la culpa?

—¡Sí! —contestaron a coro.

—La culpa es bronca.

Las mujeres sentimos culpa con los varones porque tenemos con ellos un enojo histórico. Y —como no tuvimos permiso para enojarnos— se manifiesta como culpa.

Pero la culpa es un autocastigo.

Es volver hacia nosotras mismas toda la bronca que no

nos permitimos sentir hacia los otros. Pensando que si nos castigamos primero, podremos evitar un castigo peor.

Pero la culpa es absolutamente mafiosa porque nos vende protección trucha... ¡y además es masoquista!

Y yo me volví feminista precisamente porque ya estaba a punto de volverme masoquista. Aunque reconozco que durante años tuve miedo de decir que era feminista por el temor a dejar de gustarles a los hombres. Y es el día de hoy, que cada vez que hago un chiste sobre ellos siento culpa y me pregunto si no se me acercará ninguno más en la vida.

—¿Y se acercan?

—¡No! —gemí—. Pero si alguno se acercara... ¡no le dejaría leer lo que escribo!

———————

Separadas escépticas
(pero voluntariosas)

Los lagos de Palermo son unos de mis lugares favoritos para hacer caminatas. Suelo reunirme ahí con mis amigas y caminamos cinco kilómetros diarios por tracción a lengua.

Para las personas que vivimos en esta ciudad, son un oasis perfecto ya que brindan todo lo que se puede desear en materia de oasis.

El lugar es hermoso, el aire es puro, y todo lo que te rodea es lindo, los pajaritos que cantan, los patitos que nadan, las nutrias que se deslizan, los hombres que juegan al golf...

Ese día caminábamos con mi amiga Laura.

—¡No sabés lo que me pasó ayer cuando vine a caminar!... ¿Te acordás que ayer no viniste? —Laura sonaba exultante.

—¡Contame! —rogué.

—Yo salía del Vilas, de hacer gimnasia, y me fui a dar dos vueltas al lago como todos los días. Dando la primera vuelta, me crucé con un tipo bastante interesante que iba en bicicleta. Tostado, buen mozo. Nos miramos y seguimos cada uno en lo suyo. Lo volví a encontrar en la segunda. Me pareció más tostado y más buen mozo. Miradas. Sigue. La tercera vez que me lo encuentro, venía con un ramo de flores para mí en la mano. Me derretí. Me pareció un detalle...

—¡Cinematográfico! —agregué yo mientras me derretía en solidaridad—. ¿Y...?

—Bueno... nos pusimos a charlar un ratito; él estuvo sumamente seductor pero a mí se me hacía tarde para terapia, así que nos dimos los teléfonos, y quedamos en llamarnos para salir. Hablamos muy poco pero en algún momento pasó el mensaje de que nunca se había casado y yo sospeché... "Si a esta edad no se casó nunca debe estar por lo menos fijado en la madre", pensé. Cuando me animé a decírselo, se rió mucho: "Mi madre todavía me quiere hacer creer el cuento de la cigüeña", dijo, "pero yo ya volé del nido hace años. Vivo solo". Y debe ser verdad... Me dio el teléfono de su casa, así que casado no es —aseguró.

—Bueno, pero contame algo más... ¿cuántos años tiene?... ¿a qué se dedica?... ¿tiene hijos? —yo parecía un formulario.

—No sé nada. No tuve tiempo de preguntar mucho. Debe tener unos 45 años, se lo ve muy deportista, y es muy simpático. Tiene dinero porque mencionó distintas propiedades en el extranjero. No sé por qué se me ocurrió que podía ser polista. Creo que hasta tenía un apellido doble, el tipo estaba bastante bien, lo único que no me gustó del todo fue que me dio la sensación de que era un poco concheto.

—¿Por qué?

—Porque hablaba de tú y de ti, no sé, tengo miedo de que sea un poco snob. Pero no hagamos más conjeturas, por ahora me gusta, vamos a ver si llama.

Debo aclarar que Laura es una hermosa mujer, inteligente, elegantísima, culta, con un gran sentido del humor y por supuesto... sola.

Es arquitecta, su casa es un dechado de buen gusto, y nuestro siguiente encuentro fue en una galería de arte.

Ella estaba espectacular, vestida de Armani.

—Y... ¿hay noticias del príncipe ciclista? —pregunté ávida.

—Vengo de encontrarme con él —me contesta sin poder contener la risa—, me invitó a tomar el té a un lugar divino, me pasó a buscar en un Escort blanco descapotable...

—¿Y cuál es el chiste? —pregunté sin entender.

—¡Esperá! —se impacientaba—. Recién cuando nos sentamos a la mesa me dediqué de lleno a mirarlo. Tenía un jean ajustado con adornos de cuero y tachas, botas tejanas, arito, pulseras varias, y una campera... indescriptible. Con millones de prendedores en las solapas, un halcón bordado en paillettes en la espalda y pasamanería en los hombros, ¿entendés?

—¡Escasamente! —murmuré—. ¿Pero entonces querés decir...?

—¡Que la guita cambió de manos, muñeca, que este tipo será millonario pero es un grasa... atómico!... Ni siquiera un grasa a secas, que sería más digno. No, es un grasa fosforescente... ¡un grasa flúo!... ¡Y yo vestida de Armani!... ¡No sabía dónde meterme!... ¡Tenía terror de que me viera algún conocido! ¿Qué les digo si me ven con este ejemplar? —pensaba—. ¿Que me viene a traer cocaína de Ibiza?

—¿Pero cómo puede ser? —me desesperé—. ¿No te parecía un concheto?... ¿Un snob?... ¿No hablaba de tú y de ti?

—¡Porque es gallego! —se descomponía de la risa— o porque vivió mucho tiempo en España, no me acuerdo bien. Pero lo que no era es un polista. ¡Era un grasa!... Y ni siquiera un grasa amateur... ¡no!... ¡Era un grasa profesional!...

—Lo que no entiendo es cómo no te diste cuenta el día que lo conociste, con ese ojo que tenés... ¿Qué pasó?... ¿Te agarró distraída?

—¡No!... ¡Lo que pasa es que en el lago, en bicicleta y de zapatillas era imposible darse cuenta, pero la pilcha lo vendía!... Pero decime la verdad... alguien que se viste así, está fuera del mundo. Es impresentable. ¡Algo le patina!... Lástima, porque era simpático. Y estaba bastante bueno. Pero fue un bochorno. No había manera de dejar de mirarlo. Ahora... yo me pregunto... este hombre... ¿no se dará cuenta?

—¡Por supuesto que no! —respondí—. Es más, seguro que se puso sus mejores galas para conquistarte.

—¿Vos decís que esto es lo mejor que tiene para ofrecer? —se reía como una loca—. ¿Te imaginás cómo será su casa?... Llena de dorados a la hoja y mármoles y caireles... ¡Dios nos libre! —se persignaba la arquitecta agnóstica.

—Y... ¿no te animás a decírselo? —sugerí sin la menor convicción—. Por ahí podés enseñarle a vestirse si el tipo vale la pena.

—¿Otra vez a enseñar? —los ojos se le desorbitaron—.

¡No!... ¡basta!... No tengo paciencia, ya tuve que rehacer a tres maridos, ahora quiero algo que venga hecho.

—¿Sí?... Sin embargo yo creo que eso no te va a gustar.

—¿Por qué no? —preguntó.

—¡Porque las mujeres no queremos a un hombre terminado!... ¡Queremos a alguien para remendar!

—¡Algo roto! —se descomponía de la risa—. ¡Tenés razón!... ¡Pero yo no —dijo después con firmeza—, yo estoy harta de remendar! Que los remiende otra. A mí ya se me acabaron el hilo, la aguja y la paciencia. Ya aprendí la lección, y me recibí de maestra costurera... ¿Para que me sirvió?... Para nada. Basta. ¡Ahora quiero un pret-à-porter!... Nada de alta costura, con terminación a mano y sobrehilado. Algo listo para usar. Cómodo. Ponible. De la boutique a tu casa.

—No te olvides de darme la dirección de la boutique. —rogué.

—¡No me digas que no es un lindo plan!...

—¡Divino, pero la verdad es que lo veo difícil, porque la calle está dura!...

—Es cierto —aceptó—, los tipos que realmente me pueden interesar, o sea, los que pueden apreciar todo lo que yo soy... no se animan. No quieren un par. Los que se animan son los que no me abarcan. Y lo que me desespera es que veo cada vez más mujeres que se tienen que conformar con los que se animan, que generalmente son unos inconscientes...

—¿Y no será por eso que se animan? —insinué.

—¡No quiero ni pensarlo! —exclamó—. Pero si fuera así el panorama es desolador... sola... ¡¿o con un inconsciente?!

(Se ve que no quería pensarlo porque se respondió en menos de un minuto.)

—¡Sola!... ¡gracias!... por lo menos, tengo un trabajo que me encanta. Y no estoy dispuesta a soportar a cualquier monigote sólo por tener un hombre al lado. Te juro que a veces, cuando veo con qué se casan ciertas mujeres, pienso lo que deben odiar trabajar para vivir. Pero éste no tenía remedio... lástima, porque el tipo en bicicleta estaba muy bueno.

—Bueno, tal vez tenga sus encantos ocultos, debajo de esa fachada... grasa —mentí para consolarla—; quizás si le das otra oportunidad...

—Tal vez algún día, cuando quiera visitar otro planeta, vuelva a salir con él... pero ¡no! —continuó indignada—. Alguien que elige vestirse así no tiene retorno posible. Eso responde a una filosofía, a una manera de vivir. ¿No te das cuenta? Está clarísimo. Ese hombre ya no tiene secretos para mí. La grasa es su esencia... ¡creéme lo que te digo!... porque además no fueron sus únicas grasadas.

—¡¿Hay más?!... ¿Qué hizo?... ¿Se hurgó la nariz en tu presencia?

—¡No, graciosa! Me preguntó si yo era socia del club "Village" —por el club Vilas— y me invitó para la próxima vez a la "Recolecta".

—¿Y qué pensás hacer?

—¡Nada! —contestó—. Huir despavorida... tratar de no cruzármelo nunca más en mi vida... y seguir caminando. En otro lago, por supuesto.

—Pero... ¡mirá que no quedan tantos lagos!

—¡Ni tantos tipos! —se reía—. Pero te juro que éste no tenía arreglo.

—¡Te creo!... Pero ya vas a ver qué pronto encuentra a alguna voluntariosa de arreglarlo —opiné—. ¿O no notaste que ellos nunca se quedan solos?

Laura no me contestó.

Seguimos caminando en silencio por un rato, hasta que ella —con cara de haber llegado a una reflexión profunda— me preguntó:

—¿Sabés cuál hubiera sido una solución para este tipo?

—¿Cuál?

—¡La madre debió tirarlo y quedarse con la cigüeña!

Mi amiga Lucy es una azafata de 45 años, muy bien llevados hacia alguna parte.

Nos conocemos hace como 15 años, y tenemos una relación muy especial, basada fundamentalmente en compartir un mutuo carácter quejoso.

—¡Insatisfechas glandulares! —diría mi terapeuta varón.

Pero ella es rubia, de ojos azules y católica.

¿La verdad?... No sé de qué se queja.

Ese día hacíamos una de nuestras habituales caminatas por el lago.

Contrariamente a lo esperado, se la veía contenta.

Me imaginé que la alegría estaría relacionada con su nuevo novio, así que le pregunté a boca de jarro:

—Contame cómo van las cosas con Oscar, ya hace como tres meses que salen... ¿no?

—¡Cuatro!... —saltó—. Nunca pensé que me durara tanto.

—¡Debe ser un santo! —comenté por lo bajo pero igual me escuchó.

—¿Cómo sos eh?... ¡Con amigas así quién necesita enemigos!

—¡Era un chiste!... ¿dónde está tu sentido del humor?

—Sí, la verdad es que Oscar es un divino, es tan atento, tan caballero, está todo el tiempo pendiente de mí, me consulta todo, me conmueve profundamente su voluntad de complacerme. Y vos sabés muy bien que yo estaba completamente escéptica con respecto a los hombres, casi a punto de entregar el rosquete. Creí que no existían más hombres así.

—Bueno, Lucy, es lógico teniendo en cuenta que tu ex marido se fugó con las joyas de tu madre!

—Sí, ése fue el último, pero con el anterior terminé internada... ¿te acordás?

—¡Claro, si yo te inyectaba las flores de Bach, cómo no me voy a acordar!... Pero a vos siempre te gustaron los enfermos, perdoname que te diga, si me acuerdo que —cuando le hablaba a alguien de vos— la gente decía: "¿Cuál Lucy?... ¿La que saca a pasear a los locos?"

—Bueno, pero hay que tener en cuenta que ésa era otra época de mi vida, después de 14 años de terapia, algo aprendés. Yo crecí mucho. Ya hace rato que no me banco más ni a los depresivos, ni a los neuróticos, ni a los delincuentes. Antes me llevaba 20 años de matrimonio darme cuenta de con quién estaba. Pero ahora, me lleva cinco minutos detectar a un tipo. Cuando ellos van yo ya volví 100 veces.

—Evidentemente, por eso pudiste encontrar a un tipo así. A veces parece tan claro. Por qué no aprenderemos qué poco sentido tiene tratar de cambiar al otro. Si es evidente que cuando una cambia, cambia su circunstancia... ¡Ay, Lucy... qué alegría!... ¡me da una esperanza!

—No sabés, es de otro planeta, me protege, me corre la silla, me abre las puertas, me prende los puchos, me regala cosas todo el tiempo...

—¡Basta, que se me hace agua la baba!... Dejá de contar guita delante de los pobres, querés.

—¡Ah! Bueno, si te hace mal no te cuento a dónde me invitó a pasar Halloween.

—¿Te invitó a pasar Halloween en alguna parte?... ¿Pero quién es? ¿El príncipe de las mareas?

—¡Precisamente! Me acaba de invitar a un crucero por el Caribe para que festejemos Halloween.

—¡Ay! Yo me conformaría con que me invitaran a un bar a festejar Halloween... ¡Qué buen plan! ¡Contame, contame aunque me muera!

—El plan está todo programado por él. Salimos el sábado en avión a Miami, y allí tomamos el crucero al Caribe mejicano; vamos a hacer Cancún, Cozumel, Isla Mujeres, Key West, etc.

—¿Por cuánto tiempo?

—¡Dos semanas!

—¡Qué divino, Lucy, qué viaje maravilloso! ¿Y te invita todo él?

—¡Por supuesto! Y ya me trajo los folletos con fotos del barco italiano, y el camarote más grande es el nuestro.

—¡Pero Lucy, es un sueño hecho realidad...! ¿Cómo hiciste?... ¿Dónde conociste a ese bombón?... ¿No tendrá un hermano?... ¿Un padre?... ¿Un abuelo?... ¿Un clon?

—¡Ay pichona, cómo me gustaría!... Pero bueno, ya te va a llegar. Si me llegó a mí con lo descreída que yo estaba, cómo no te va a llegar a vos que sos una optimista. Nos vemos a la vuelta.

—¡Chau Lucy! ¡Feliz crucero del amor!

●　　●　　●

Un geriátrico flotando hacia la nada

Dos semanas después me encuentro sorpresivamente con Lucy en el lago y noté que estaba ostensiblemente más gorda.

—¡Lucy, qué sorpresa!... ¿Ya pasaron las dos semanas?... ¡Qué rápido!... ¿Por qué no me avisaste que volviste?... ¡Contame todo!... ¡Quiero hasta el último detalle!

Lucy (en un ataque de verborragia incontenible):

—¡Para vos habrán pasado rápido! ¡Para mí fueron las dos semanas más largas de mi existencia!... ¡No sabés!... En el mismo instante en que el barco zarpó, yo me di cuenta de que estaba cometiendo el error más grande de mi vida. Ahí, en el preciso instante en que el condenado barco se alejaba del puerto, supe que no sólo no quería estar en ese barco, ni en ningún otro, sino que además no quería estar con él. La experiencia más espantosa que le puede suceder a alguien sobre el agua, me acaba de pasar a mí... ¡Quince días de pesadilla acuática sintiéndome un rehén en un campo de concentración flotante de cinco estrellas!

—Pero... ¿Por qué? —alcancé a decir—. ¿No era...?

—¡Porque hasta los botones parecían nazis, y te daban órdenes todo el tiempo... ¡A babor!... ¡A estribor!... Siempre a los gritos y yo todavía no sé dónde queda cada uno... ¡gracias que aprendí dónde estaban la proa y la popa!

—Bueno, Lucy, pero serían las instrucciones típicas de cualquier...

—¡No, vos no entendés!... —me interrumpió—. El barco obedecía a un régimen totalitario. Había turnos para todo. Turnos para bajar del barco, turnos para subir, turnos para ir al baño, turnos para fumar, turnos para comer, turnos para vomitar. Como si fuera poco el crucero era una especie de geriátrico flotante, compuesto exclusivamente por gente de la tercera edad, aunque provista de prótesis de alta tecnología debo decir, como sillas de ruedas motorizadas con dirección hidráulica, audífonos Telefunken, andadores con servofreno... garfios de Tiffany... ¡Una pesadilla!

—¿Garfios de Tiffany?... ¿De qué estás hablando?

—¡Esperá! —siguió como posesa—. El bombardeo de comidas era incalculable, había un buffet ininterrumpido de dulces y salados y agridulces y frío y caliente; el desayuno se mezclaba con el almuerzo que se confundía con la merienda, que se topaba con la cena... todo rigurosamente sincronizado en tres tandas bien diferenciadas que ya nos habían explicado minuciosamente en tierra acerca de que se no se podían mezclar bajo ninguna circunstancia so pena de ser abandonado en la isla sin aeropuerto si no cumplías con el programa que te había sido asignado, porque elegir estaba prohibido.

"Los gerontes se abalanzaban ávidos sobre los buffets y chocaban contra las mesas sus sillas de ruedas ultramodernas, blandiendo muletas o atacando con garfios como el de la torta de frutillas que me estaba por comer cuando fue ensartada por un garfio cibernético y me quedé viéndola pasar delante de mis narices hacia la boca de un señor mayor, que la deglutió sin masticarla, porque no tenía dientes, pero garfio sí.

—¿Pero entonces...?

—Fue como hacer la colimba en un lugar de lujo, forzados a hacer actividades planificadas como para días de 48 horas, con un toque de diana a las 6 de la mañana, a partir de lo cual cada cinco minutos empezaba una actividad nueva, una más insoportable que la otra, para la que había que vestirse de una cosa distinta cada vez. Ojotas y shorts para bajar a Cozumel...

—¡Ay, Cozumel, contame!... ¿Es tan divino como dicen?

—¡No sé! —continuó sin respirar—. ¡No pudimos conocer nada porque sufrías el vértigo constante de saber que si te distraías con un hipocampo y no escuchabas el megáfono se te iba el barco para siempre y nadie te volvería a buscar, así que caminábamos durante horas en un circuito pequeño cerca del barco, y cuando volvías reventada por el calor, tenías que vestirte de gala para que te presentaran al capitán, al que yo no tenía el menor interés en conocer, pero Oscar sí. Ahí me di cuenta de que él se había propuesto caerle bien a las 2.000 personas que estaban en el barco, por lo tanto acataba las órdenes con una sonrisa estúpida y aunque estuviera todo escaldado por el sol, se ponía la corbata sobre las ampollas, y obedecía ciegamente a todos los mandatos. "¡Cómo no vamos a ir, negra! —me decía el boludo—. ¡Hay que ir! ¡Hay que ir!"

"—¿Por qué? —le preguntaba yo—. ¿No estábamos de vacaciones?... ¡No quiero tener la vida planificada por un marinero nazi las 24 horas del día!... ¡Es de un estrés espantoso!

"Pero él estaba chocho, el imbécil... ¿Podés creer?... ¡Te juro que nunca en mi vida conocí a alguien más estructurado! Me proponía cumplir con la mayor cantidad posible de las actividades que nos habían sido asignadas... ¡que eran infinitas!... ¿Qué pensaba?... ¿que estábamos ahí para cumplir con las obligaciones contractuales a las que nos comprometimos al sacar el pasaje, so pena de ser acusados de antisociales si no lo hacíamos?... ¡No sabés!... Era un manicomio flotante, todo estaba rigurosamente planificado por alguien que bien podría haber pertenecido a la SS. Y nos lo recordaban permanentemente a través de órdenes por los altoparlantes en cuatro idiomas. Cuando terminaba el último idioma empezaba la orden siguiente, pero no se callaban nunca. Sonaban gongs, campanas y pitos, con una voz autoritaria que te amenazaba una y otra vez con dejarte en tierra si no cumplías al pie de la letra con los requisitos... ¡Y te advertían en cuatro idiomas que eran capaces de hacerlo!... Yo viví aterrorizada, vos sabés los problemas que tengo con la autoridad... ¡Cómo fui a caer ahí!

—¡Pero Lucy!... ¿No había shows, o algo divertido?

—¡Todo era insoportable!... Para peor las innumerables actividades del crucero incluían concursos disparatados, a los que todos se acoplaban alegremente. Uno de ellos era un concurso para ver quién tomaba más cerveza, que consistía en que varios de ellos le echaran cerveza en la boca a un geronte arrodillado, de manera que nunca se le interrumpiera el chorro, ya que había siempre alguien echándole más cerveza a medida que se la tragaba.

"No te podría describir lo que era aquello.

"Los viejos caían derrumbados como ante un pelotón de fusilamiento mientras sus esposas los alentaban a seguir bebiendo.

—Pero... ¿y cuál era el premio? —pregunté.

—¡Un cajón de cerveza!

Tuvimos que parar la caminata porque yo me descomponía de la risa. Pero ella no se reía.

—Bueno —traté de consolarla—, tampoco es tan grave. Por lo menos conociste aquellas playas maravillosas con un señor que —aunque estructurado— te habrá hecho algunos mimos.

—¡Ni me hables! —continuó furiosa—. La convivencia fue otro infierno. Cuando terminaba el calvario diurno... comenzaba el nocturno. ¿Querés creer que se empezó a negar a usar preservativo porque decía que era como lavarse las manos con los guantes puestos?

—Pero vos no habrás aflojado.

—¡Por supuesto que no!

—¿Y qué método usó como anticonceptivo?

—¡Su carácter!... Pero además dormir con él era imposible porque tenía un ronquido altisonante. No era ni rítmico ni nada de lo conocido, era un ronquido inorgánico que te sobresaltaba porque estaba lleno de ruidos abruptos y silencios engañosos. Te daba un tiempo como para llegar hasta el estado alfa y cuando estabas ahí se desencadenaba como un terremoto y te hacía saltar hasta el techo. Compré tapones de silicona pero no fueron suficientes. Ahí me di cuenta de que este ser y yo íbamos a estar inexorablemente juntos hasta el final de mi via crucis oceánico, en el crucero del odio. Juntos en un geriátrico que flotaba hacia la nada.

"Pero además él era un obsecuente profesional, era como una sombra que se lo pasaba ofreciendo algo todo el tiempo... ¿Querés un champancito, negri?... ¿Un canapecito?... ¿Querés ir al sol?... ¿Querés ir a la sombra?... ¿Querés subir a cubierta?... ¿O bajar a los camarotes?... ¿Querés ir al cine?... ¿Querés ir al casino?

"—¡Me quiero morir! —pensaba yo—. ¡Y quiero que vos también te mueras!

"Me escondía en el cine —presa de la desesperación— y llegué a ver tres veces la misma película ya que a él no le gustaba porque no entendía italiano.

"Llegó un momento en que a mí la cara de culo me llegaba a los pies, y no sabía qué hacer para liberarme de él cuando Diosito escuchó mis plegarias y justo cuando ya había decidido tirarme a los tiburones, descubrí... ¡El walkman!... ¡Santo remedio!... Compré arsenales de pilas —como para estar segura de que nunca más iba a tener que oír su voz— y me enchufé un cassette de Simply Red que escuché ininterrumpidamente hasta llegar a Buenos Aires.

"Milagrosamente, a partir de ahí ya no escuché más nada, ni los anuncios en cuatro idiomas, ni los pitos ni las matracas, ni las órdenes y contraórdenes, ni a él, ni nada.

"El walkman me salvó la vida.

"Fueron los quince días más espantosamente largos de mi existencia... ¡No lo quiero ver nunca más!

—¡Pero Lucy!... ¿Estás segura?... ¿Por qué no le das un poco más de tiempo? Nada de lo que me contás me parece tan terrible. O cosas que no se puedan solucionar. Bueno, el crucero no te gustó, pero él te lo ofreció con la mejor voluntad. Tendrías que darle otra oportunidad... Pensá un poco en tus ex...

—¡Ni loca! Mirá, en un despliegue de generosidad le podría perdonar el hecho de que sea un obsecuente y un boludo... ¡Pero en el maldito crucero lo único que se hacía era comer!... ¡Me hizo engordar cinco kilos! ¡Y eso nunca se lo voy a perdonar!

———————————

Hombres

Y los hombres... ¿cómo están?... ¿Contentos de estar tan cotizados?

—¡Las minas están todas locas! —clamaba un amigo mío por teléfono—. El otro día salí con una que me dijo: "¡Si no tenés guita olvidate de llamarme! ¡A mí me tenés que invitar a salir a lugares lindos, a comer, a bailar... y nada de compromisos!"

"Si te invitan a la casa tenés que llevar la comida —se quejaba—. ¡Ellas ganan buena guita, pero igual quieren que sigas pagando vos!

El pobre estaba indignado, y buscaba mi comprensión.

¡A mal puerto fue por agua!

Yo sentía que todo lo que decía de las otras era como si estuviera hablando de mí.

A los pocos días recibo las quejas de un segundo varón desconcertado.

—¡Las mujeres se fueron al carajo! —se quejaba—. Salí por primera vez con una abogada, una mina piola, inteligente, pero cuando le quise dar fuego para el cigarrillo, me detuvo la mano y me dijo: "¡No me humilles!"

"Yo quedé tan desconcertado que después de eso ya no me animé a abrirle la puerta del auto, porque tenía miedo de que me diera una trompada.

"Me discutió todo el tiempo, aun en los temas más triviales, y —a la hora de pagar— insistió tanto en pagar ella que yo no me animé a seguir discutiéndoselo porque creí que me iba a proponer una pulseada. ¡Era más masculina que yo!... lo mismo me ganaba.

—¿No estás exagerando?

—¡Para nada!... Cuando bajamos del auto caminamos unos metros y tuvimos la mala suerte de pasar frente a una obra en construcción. Uno de los obreros le gritó: "¡Yegua!" y ella se dio vuelta hecha una furia y le contestó: "¡Eso es acoso verbal!... ¡Les voy a hacer juicio!..." Yo pensé: "Ahora me voy a tener que cagar a trompadas con el tipo. ¡Lo único que me falta!"

—¿Y? —toda yo era un signo de interrogación.

—Por suerte no pasó nada, porque me explicó que lo dijo para asustarlo pero que, en realidad, ella no le haría juicio a un obrero porque considera que el acoso verbal ya es parte de su trabajo. ¡Qué mina, Dios mío! Cuando la dejé en la casa me quedé temblando. Era muy linda pero la verdad que me dio miedo. Fue como salir con un soldado.

El tercero era un amigo de la adolescencia que estaba devastado. Lo había dejado la tercera novia en un año y él no tenía consuelo.

—Yo no entiendo —gemía— no entiendo a las mujeres. Vos no sabés cómo soy con ellas, yo las escucho, hago las cosas de la casa, me ocupo de todo... Vivo para ellas... ¡Hasta me hice cargo de un hijo que no es mío!... ¡Y no sabés cómo pesa! Pero no hay caso... ¡Igual me dejan!

—¿Qué pasó con Silvia? —le pregunté.

—¡Me dijo que necesitaba espacio y se fue con un guardaespaldas que tiene un duplex!

Y sí, las mujeres somos un poco raras. Nos gustan los problemas.

Y tenemos una especial predilección por los chicos malos.

"Todas las mujeres adoran a un fascista", decía Silvia Plath antes de suicidarse.

—Yo creo que el problema es la culpa —le comentaba a mi amiga Viviana, la psicóloga—, las mujeres fuimos criadas con el peso de haber sido culpables de la expulsión del Paraíso... ¡Nada menos!... La culpa ha sido inoculada en nuestra sangre por la cultura judeocristiana. Y la persona que se siente culpable... ¡busca castigo!... Por eso nos gustan los chicos malos, porque estamos convencidas de que hay algo malo en nosotras.

—Bueno —explicaba Viviana—, lo que pasa también es que cuando un hombre está tan disponible, corre el riesgo de convertirse en un felpudo... y... ¿quién se banca un felpudo?... Te puede llegar a dar una claustrofobia que te querés tirar por la ventana. Porque es alguien que te demanda mucho. La atracción erótica necesita un poco de tensión entre los sexos. Necesitamos a alguien que oponga alguna resistencia... si no se desinfla. Por eso preferimos a los que saben mantener la cuerda tensa.

—¿Y qué sería mantener la cuerda tensa a tu entender? —pregunté.

—¡Por ejemplo, desaparecer después de la primera cita! —se reía.

—¡Ah! ¡Me quedo más tranquila! —musité—. Estamos bien sanitas. Después nos quejamos cuando nos dicen histéricas.

—No, muñeca, yo no me quejo. Y tampoco me importa lo que ellos piensen. Después de todo, ni siquiera sabemos bien qué es la histeria.

—¡Que te guste más el hambre que la comida! ¡Eso es la histeria!... ¿Te suena a algo?... ¿Viste alguna película sobre el tema?

Mi amiga Viviana es una histérica auténtica, de las que ya no quedan.

Y vale la pena recordar la historia de su último romance porque la pinta entera.

—Estoy saliendo con alguien —me dijo una noche.

—¿De verdad?... ¡Ay!... ¡Qué bueno, Viviana!... ¡Al fin una buena noticia! —me entusiasmé—. ¿Y cómo es?

—¡Distinto a todo lo que conocí hasta ahora! Es atento, es amable, es serio, y tiene buenas intenciones. Es un tipo simple... ¿eh?... No tiene complicaciones. Todo le viene bien, nunca se enrolla, ni discute. Pero no lo hace para seducirme... ¡no! ¡Él es así!... Es... calmo, es apacible, es sereno... es... ¡un plomazo!... Me aburre, me aburre soberanamente... Este hombre es muy bueno pero es menos sexy que un aguaviva. No puedo, no puedo... Hice el esfuerzo pero... ¡Yo necesito otra cosa!

—¡Pero, Viviana! —rogué—. ¡No podés ser tan neurótica!... ¡Vos estás mal medicada!... ¡Una vez que encontrás a alguien como la gente, no te gusta!... ¡El tipo tiene un montón de virtudes!... ¡No seas pesada!... ¿Qué le falta?

—¡Le falta el brillo del psicópata!

¿Y nosotras nos preguntamos dónde están los hombres?

Están en sus casas, escondidos debajo de la cama para no vernos.

Las mujeres les sacamos el control remoto y ellos se quedaron viendo otro canal.

¡Y nosotras haciendo zapping!

¡Tienen la cabeza como una coctelera!

Primero les dijeron que ellos eran el centro del universo, la luna y las estrellas.

Que las mujeres eran apenas un satélite pequeñito que giraba en su órbita y se alimentaba con su luz.

Después les dijeron que eso era un horror, que cómo se les ocurría, y que ahora iban a tener que compartir el centro del universo con las mujeres.

La mayoría abandonó la galaxia —junto con las ratas—, pero algunos trataron.

De volverse más sensibles, de aprender a llorar, de compartir las tareas de la casa, de mostrarse vulnerables.

Y entonces les dijeron que estaban hechos unos blandengues.

¿Qué mujer querría a un hombre al que se le pasa por encima?

No se las estamos haciendo fácil.

Si nos alientan para que retomemos una carrera universitaria, sospechamos que nos quieren mantener ocupadas y distraídas.

Si nos ofrecen cocinar y llevar de paseo a los chicos, nos parecen afeminados.

La verdad es que no entienden nada.

Porque antes las mujeres no sólo éramos monógamas... ¡Éramos monoteístas!

El hombre era Dios.

Durante siglos los tuvimos en un pedestal, y ahora que los bajamos, ellos sienten que les pusimos el pedestal encima.

Están desalentados, confundidos, furiosos.

No saben lo que quieren.

Excepto por algo de lo que están bien seguros.

Y es de que... ¡quieren huir de nosotras!

—¿Qué carajo quieren las mujeres? —se preguntan entre ellos por teléfono mientras deambulan camuflados por los pasillos de sus departamentos.

Si supieran que es tan sencillo. Tan sencillo.

Las mujeres... lo único que queremos es... ¡hombres, carreras, dinero, hijos, lujo, confort, independencia, seguridad, amor, respeto, amigos y una medibacha de 2 pesos que no se corra!

¿Es tanto pedir eso?

───────

Afroditas
menopáusicas

MAMOGRAFÍA

Recuerdo que la primera vez que fui a mi ginecólogo —hace varios años— iba tan nerviosa que me temblaban las piernas. ¡Por favor, que sea viejo y feo! —rogaba para mis adentros.

Era joven y lindo.

Aclaro que cuando uso el término joven me refiero a cualquier persona que tenga dos años menos que yo.

Él me atendió muy amablemente, pero a mí me incomodaba profundamente el hecho de que fuera un hombre, y que fuera lindo, ni les cuento.

—¡Por qué no le habré hecho caso a Viviana! —pensé en ese momento.

Ella tiene una ginecóloga mujer, pero no porque se inhiba con los varones, sino porque dice que ir a un ginecólogo varón es como ir a un mecánico que no tiene auto.

Pero yo sabía que este ginecólogo era extraordinario y estaba decidida a atenderme con él si lograba superar el momento de la revisación.

Tardé horas en acomodarme en el potro de torturas que los ginecólogos inventaron para humillar a las mujeres. No podía encontrarle la vuelta.

Cuando lograba abrir suficientemente las piernas, me sentía tan expuesta que retiraba la pelvis. Cuando me acercaba bien al borde —como él me pedía— las rodillas se me juntaban automáticamente. Cuando lograba abrir bien las piernas y adelantar la pelvis, en el momento en que él se acercaba, se me salían los pies de los estribos.

La situación era tan tensa, que yo necesité inventar algo para romper el hielo.

Y justo en el momento en que él empezaba a incursionar en su objetivo, yo le espeto: "Dígame, doctor... usted... ¿cree en el amor a primera vista?"

Se rió tanto que casi se le cae el espéculo.

—¿Por qué me lo pregunta? —se repone canchero.

—Bueno porque siempre pienso qué difícil debe ser para un hombre —después de ver tantas vaginas— enamorarse de una mujer.

—¡Para nada! —me dice—. Los ginecólogos somos hombres como cualquier otro y los médicos tenemos otra visión del cuerpo humano, que la que usted está imaginando. Y usted... ¿se enamoró alguna vez de un ginecólogo?

—¡Dios me libre! —le dije—. ¡Nunca me enamoraría de alguien que sabe más sobre mi vagina que yo!

Nos reímos como locos y así se marcó la pauta de la relación.

Con el tiempo mi ginecólogo pasó a ser mi médico de cabecera.

Muy apropiado para una mujer gobernada por sus ovarios.

Para relajarme, cada vez que iba me contaba un chiste, para que yo pudiera pensar en otra cosa, y dejarme invadir por los aparatos del demonio.

El espéculo, por ejemplo, ese símil pene frío que te introduce sin siquiera hacerte un mimo de precalentamiento.

—¡Está frío! —me quejo mientras me tenso cada vez más.

—Enseguida se calienta, relájese —me miente.

—¡Pero déme tiempo! —me desespero.

—Aflójese que sólo se lo voy a poner un momento —insiste.

(¿Pero qué pensará que soy?... ¿un microondas?...) —¡Ay! —empiezo yo, tensa como un arco—. ¡Espere! ¡espere!

—Relájese... ¿Le conté el cuento de la paciente que entra corriendo a lo del ginecólogo, y le dice:

"—¡Doctor! Yo... ¿me olvidé mi bombacha acá?

"—¡No, yo no la vi! —dice él.

"—¡Entonces... la dejé en lo del dentista!

Yo me reí de buena gana, y —para esa hora— ya me había puesto lo que me tenía que poner y ya me había sacado lo que me tenía que sacar.

Ginecológicamente hablando.

No hay duda de que el humor puede aceitar las situaciones más ríspidas.

Cuando empecé con los primeros síntomas de la menopausia, mi ginecólogo me puso al tanto de los próximos pasos a dar.

Pero hasta que no me vio tirada en una alcantarilla de la depre, no logré que me recetara los parches de hormonas.

Finalmente conseguí que me dijera que sí, pero bajo un control mucho más estricto que el que llevábamos hasta ese momento.

—A partir de ahora —me dijo— hay que controlarse permanentemente... ¡Papanicolaou y mamografías cada seis meses!

—¿Cada seis meses? —aullé—. ¡El papanicolaou no me importa tanto pero la mamografía es una inmundicia! Si me hago una cada seis meses, al año me van a desaparecer las tetas...! ¡Y son dos de las únicas cosas que me quedan en pie!... ¡Tenga piedad!... ¡Por favor, mamografía no!

—Entonces no le puedo dar hormonas suplementarias —contestó—. Las hormonas dan muy buen resultado, pero tienen sus riesgos si no se controlan.

—¿Pero qué es esto?... ¿Si no tomo la sopa no me dan el postre?... ¿Por qué me trata como a una boluda?... ¡Al final tenía razón mi amiga Viviana cuando decía que no hay que ir a un ginecólogo varón!... ¿Por qué no se hace usted una mamografía en los testículos y va a ver lo que se siente?

—¡Dígale a su amiga Viviana que no gaste toda la locura ahora! —me dijo—. ¡Que guarde un poco para la menopausia!

—¿Qué dice?... —me reí—. ¡Si ésta es la que le sobró!

Así que no hubo caso.

¿Alguna vez se hicieron una mamografía?

¿Puede la mente humana inventar una tortura femenina más escabrosa? Te ponen las tetas en una morsa, y te las aprietan como a un limón exprimido sin piedad, porque no sólo te las aprietan de arriba a abajo, sino también desde los costados. Es como si te las pusieran en una compactadora. Parece que en lugar de una radiografía quisieran hacer un puré de teta.

La última vez que me la hice, me tocó en suerte un digno discípulo del Marqués de Sade.

El tipo me las apretó tanto, que en un momento fantaseé que las radiografías iban a ser las tetas mismas.

Que me las estaba aplanando para entregármelas en un sobre.

—¡Espere, espere! —clamé desesperada—. ¡Déjeme un poquito de teta para irme!

—¡Ah!... ¿sí?... ¡no me diga que las necesita! —se reía el boludo mientras apretaba un poco más.

—¿Y cómo hacen con las que tienen siliconas? —pregunté al borde del desmayo—. Porque no deben resistir tanta presión... ¡Dígame la verdad!... Con este aparato infernal... ¿nunca le reventó alguna?

—No —me miró con sorna—. ¡De silicona no!

—¡Pero dígame una cosa! —empecé a gritar—. El propósito de la ciencia... ¿no era el de ayudar a la naturaleza?

—¡Por supuesto!

—¿Y entonces qué me va a decir? —aullé—. ¿Que el propósito de las tetas es el de caerse?... ¿que inventaron la mamografía para terminar el trabajo que no haya podido hacer la gravedad?

—¡Exactamente! —contestó el mamut.

Y apretó un poco más.

HORMONAS

Una tarde estábamos caminando por el lago con mi amiga Laura.

—Hay un nuevo hombre revoloteándome —me larga sin anestesia—. ¿Te conté?

—¡Sabés perfectamente que no! —le dije—. ¡Contame!

—Lo conocí en el club —suspiró—. Está bastante bien, pero ¡es odontólogo!

—¿Y...? —toda yo era un punto suspensivo—. ¿Qué tiene?

—¡Que es horrible! —aseveró—. ¡Odontólogo!

—¡Pero Laura, lo tuyo ya es grave! —le dije—. El otro día rechazaste a uno porque tenía los vidrios polarizados, al otro porque no te gustaba la campera, al otro porque tenía una inmobiliaria, y a éste...

—¡Porque le mete la mano en la boca a la gente! —dijo muerta de risa.

—¡Peor sería que fuera un proctólogo!

—Sí —se reía a carcajadas—, la verdad es que no me gusta nadie. No sé qué me pasa con los tipos, estoy rarísima. Te juro que a mí seducir nunca me dio ningún trabajo, vos me conocés.

—¡Sí, y me consta que sos de tirar la chancleta, no de tirar la toalla!

—Pero desde hace un tiempo no tengo ganas de hacer el más mínimo esfuerzo, no les tengo paciencia, me canso antes de empezar. Estoy como estabas vos... ¿te acordás?

—¡Cómo olvidarlo! —recordé—. Pasé un tiempo largo en el desierto del Zárate... Es espantoso porque sentís que te quedaste sin libido. Es como si no tuvieras más impulso... ¡Un horror! Pero ya sabemos que eso es hormonal, Laura.

—¡Ya sé! —afirmó—. ¡Si yo nunca fui así! ¡Al contrario!... Vos me conocés de toda la vida.

—¡Sí —contesté— y doy fe de que has sido una seductora profesional!

—¡Por eso!... ¡No me reconozco tan melindrosa!... ¡Me ha gustado cada uno!... La verdad es que ahora que lo pienso me doy cuenta de que he sido bastante indiscriminada con los tipos. No puedo negar que he tenido mi cuota de hombres.

—¡Has tenido la cuota de varias mujeres! —le recordé entre risas—. Lo que pasa es que la hormona empujaba mucho, pero cuando se retira hay que hacerlo a pura voluntad. Y cansa más.

—Pero... ¿qué resultó la hormona?... ¿La vida misma? —se quejaba—. ¡Ahora resulta que era nuestra sangre, y no nos habían dicho, nos corrían hormonas por las venas y nosotras no nos enterábamos! ¿Y en el momento en que a la puta hormona le da por bajar, nos arrastra en la pendiente con ella y nos deja frígidas en manos de los odontólogos?...

—¿Con aro y vidrios polarizados? —agregué.

Nuestras risas atravesaban el lago.

—Pero... —continuó Laura, incontenible— ¿qué hay que hacer?... ¿Seguir bailando al ritmo de las hormonas de ahora en más?... ¿Subir y bajar a su antojo sin oponer ninguna resistencia? ¡Es de una injusticia espantosa!... Pero yo digo... ¿no era bastante con la menstruación?... ¿También teníamos que tener menopausia?... ¿Qué pasa, Dios?... ¿No te gustan las mujeres?... Además, las putas hormonas... ¿por qué se van?... Así... sin despedirse... ¿vieron alguna mala cara?... ¿No habrá alguna manera de retenerlas?

—¿Por qué no le pedís a tu ginecóloga que te recete los parches de reemplazo hormonal?... ¡son bárbaros! A mí me cambiaron la vida. Acordate cómo estaba yo antes de usarlos...

—¡Me acuerdo perfectamente! —dijo—, y a vos no te cambiaron la vida... ¡Te la salvaron!... ¡Vos volviste de la muerte!

—¡Otra que de la muerte! —exageré—. ¡Yo me recuperé de la autopsia!... Pero ahora que los uso estoy chocha.

La verdad es que me levantaron el ánimo enseguida. Yo te los recomiendo.

—Sí, pero mi hermana, que también los tiene, me dijo que hay que usarlos por lo menos diez años —se quejó Laura— y ella no está muy contenta, porque además le trajeron un montón de inconvenientes con el novio nuevo.

—¿Con el joven buen mozo con el que la vimos en el cine?... ¿Entonces sigue con él?

—Sí —contestó.

—¿Y cuál fue el problema?

—¡Que ella no podía soportar la idea de que él se los viera, entonces se los sacaba cada vez que se acostaba con él, y después se los volvía a poner!... Pero la relación avanzó y se empezaron a ver cada vez más, entonces ella tenía que pasar cada vez más tiempo sin el parche y la pobre entró en una especie de montaña rusa hormonal que la hacía pasar de la euforia a la depresión sin ningún motivo aparente.

—¡Qué locura!... ¿Y entonces?

—Él no entendía nada y le empezó a reprochar que fuera tan ciclotímica y que no quisiera pasar con él más de dos días, pero cada vez que se iban de fin de semana no se los podía poner ni un ratito y le bajaba tanto el nivel hormonal, que se deprimía horriblemente y se quedaba tirada en el cuarto del hotel... ¡Casi se le va a la mierda el romance!

—¡Pero es una historia de terror! —le espeté—. ¿Por qué no se los quería mostrar?... ¿Es algo tan horroroso? ¡Si casi ni se ven!... Además... ¿Qué tiene de malo usar un parche?... Ahora... ¡no hay nada que hacer!... Las mujeres, por un hombre, somos capaces de remar el Titanic con dos palitos de helado y en la arena!... ¿Y qué hizo al fin?... ¿Se los mostró?

—Sí... ¡pero le dijo que eran para el corazón!

—¿Cómo para el corazón? —pregunté atónita—. ¿Entonces prefiere que él piense que sufre del corazón antes de decirle que usa un suplemento de hormonas?... ¿Le resulta más digno ser cardíaca que menopáusica? ¡Perdoname, Laura, pero tu hermana está del tomate!

—Y eso no es nada —continuó—, vos sabés que ella ya se hizo como cuatro liftings, y tiene unos costurones en la cara bastante considerables. Bueno, parece que una vez él, mientras le hacía mimitos en la oreja, le descubrió las costuras del lifting y le preguntó si se lo había hecho, pero ella no lo admitió por nada del mundo.

—¿Y qué le dijo?

—¡Que se había operado las orejas!

—¿Pero cuál es la diferencia? —me volvía loca la lógica de la hermana de Laura—. ¿Entonces es mejor ser orejuda que ser...?

—¿Vieja? —no me dejó terminar y se contestó sola—: ¡Sí! ¡Una y mil veces, sí!

—¿Y vos estás de acuerdo? —me desesperé—. ¿Pero cómo se puede vivir así, Laura?

—¡No sé, pero te aseguro que le va mejor que a nosotras dos juntas!... Vos la conocés porque yo te la presenté una vez que vino a mi cumpleaños.

—...Sí... me acuerdo... Pero es una mujer grande... ¿Cuántos años tiene?

—Es mucho mayor que nosotras, no es ninguna belleza, pero nunca está sola. Los hombres mueren por mi hermana desde siempre... ¡Acaba de cumplir 57 y tiene un novio de treinta que está loco por ella!

—¿Cómo hace?

—¡Miente como loca! —se reía la hermana—. ¿No te digo?

—¡Ay, no Laura, no me deprimas más! Tu hermana está loca como un paraguas y se encontrará con tipos que están tan locos como ella. Pero el asunto es que vos no te dejes caer por el tema de las hormonas. Y yo creo que los parches son una solución para esta etapa de la vida. De verdad pienso que deberías probarlos.

—Sí, puede ser, pero no sé porque además hay una pregunta que, siempre que se la hago a mi ginecóloga, me deja con dudas... y es ésta: los parches de hormonas, ¿te suben el nivel hormonal mientras se pasa la menopausia, o te empujan la menopausia para más adelante? —preguntó clavándome una estaca de duda envenenada.

—¡No sé! —me avergoncé—. Nunca se me ocurrió preguntarlo.

—¡Preguntátelo! —ordenó.

—Me parece que los parches te alivianan el proceso pero la menopausia sigue sucediendo, sólo que nosotras no la sentimos —improvisé—. Supongo que el organismo debe seguir su curso normal mientras las hormonas de reemplazo alivian los síntomas. Pero va a haber un momento en el que la menopausia va a terminar, tiene que terminar, y entonces ya no vamos a necesitar más parches ni nada.

—¿Y si no fuera así? —continuó la sembradora de dudas—. ¿Y si en realidad lo que hace es correr todo el proceso para más adelante?... No lo sabemos. Despertate, cariño, no sabemos nada. Estas cosas recién se están investigando y nosotras somos los conejillos de Indias... ¿Te imaginás el futuro en ese caso?... ¡Ancianas y menopáusicas!... Veinte años usando parches y cuando los dejás, te empiezan los calores y... ¡otra vez sopa!... Sólo que ahora en el geriátrico... ¡No, gracias! La menopausia y la vejez juntas son demasiado para una sola persona. ¡Prefiero suicidarme ahora!

Dicho lo cual salió corriendo como una loca.

—¡Esperá, Laura! —me asusté—. ¿A dónde vas?

—¡A buscar al odontólogo! —gritó.

Menopausia:
pros y CONTRAS

CALORES QUE MATAN

Una noche te despertás sobresaltada porque estabas soñando con un incendio.

Pero el despertar no te alivia el susto porque te das cuenta —con horror— de que la que se está incendiando sos vos.

Las llamas no se ven pero... ¡el calor!

Es como un fuego que te recorre por dentro, al que no se puede comparar con nada conocido anteriormente.

Es más que una fiebre de 40 grados.

Más que una fiebre de sábado a la noche.

Es algo así como si el "efecto invernadero" se hubiera apoderado de tu cuerpo.

No hay palabras para describirlo.

Ni Juana en la hoguera.

Ni el infierno del Dante.

Ni Catamarca a las dos de la tarde.

Es un volcán en erupción adentro tuyo, como si en lugar de sangre tuvieras lava corriendo por tus venas.

De golpe —en medio de la noche— empezás a transpirar como si estuvieras pariendo, te empapás de pies a cabeza, y empapás la cama.

Estás hecha una brasa.

Tirás las cobijas pero no es suficiente.

Te arrancás la ropa y tampoco.

Aunque afuera haga 10 grados bajo cero, abrís ventanas, prendés ventiladores, metés la cabeza en la heladera.

Nada sirve.

(La heladera alivia, pero tené cuidado porque podés llegar a derretir el hielo.)

Pero tampoco es tan terrible.

Contado así, con tanto detalle, parece peor de lo que es.

Pero —en realidad— todo sucede rapidísimo, es como un flash.

Cuando se te pasa volvés a tu temperatura normal, y estás exactamente igual que antes.

Por un rato.

Al rato te vuelve, y se repite el proceso.

Una y otra vez, y otra, y otra, y así se va pasando la noche.

A la mañana, te levantás con tu temperatura normal.

Pero con pulmonía.

Eso sí, te ahorrás un montón de plata en calefacción.

Te volvés tu propia estufa.

El agua huye de tu vida

El agua, ese elemento vital para la supervivencia de todo lo que existe, el 70% de la composición química de un ser humano, el agua, H_2O, se retira de tu cuerpo.

De a poquito, lenta pero inexorablemente, vas observando que la piel se te empieza a cuartear y vas descubriendo, a lo largo de toda su extensión, un dibujo cuadriculado casi geométrico, que se niega a reaccionar ante las cremas humectantes, y te da la pauta de que la humedad se fue de tu cuerpo para no volver.

Se fue de afuera y de adentro.

Hablemos de afuera que me deprimo.

Te empezás a secar de a poco, y —aunque tomes cinco litros de agua mineral por día— vas a notar como un polvillo si te frotás los brazos y las piernas, como una especie de caspa de la piel, y te sentís como en esas películas de Drácula, cuando se enfrenta con la luz del día y ésta lo convierte en polvo.

Pero la menopausia también es una época de enorme sensibilidad, en la que se afinan otros sentidos, se abren canales de creatividad, y de experiencias extraordinarias.

Nos volvemos Una con el universo.

Y somos capaces de percibir cosas que antes jamás hubiéramos podido.

Por ejemplo, saber cómo se siente una pasa de uva.

No importa qué tipo de pelo hayas tenido hasta ahora.

No importa que seas lacia, ondulada, crespa, rubia o morocha.

No importa si tenés pelo abundante, escaso o normal.

Seco o grasoso.

De golpe tu pelo cambia.

Puede ponerse baboso hasta la exasperación, o eléctrico como un portero.

Puede pararse completamente electrificado, o levantarse sólo en la punta de la cabeza, como el copete de un guerrero sioux.

Puede abrirse irremediablemente en el lugar menos indicado y negarse terminantemente a ir hacia donde le corresponde por contrato.

No responde al peine ni al cepillo ni a los ruleros ni al brushing.

No responde al gel ni a la gomina.

Sólo responde a su capricho.

La cabeza se te llena de remolinos que antes no estaban ahí, lo que convierte en imposible casi cualquier peinado.

Pero esto no dura para siempre.

Por suerte después se te cae.

———————

SE TE CAE EL PELO

Lo que pasa con el pelo es bien extraño, porque comienza a desaparecer de tu cabeza, pero empieza a aparecer en todos lados.

Uno más deprimente que el otro.

Nuevos lugares para el pelo:

En la almohada.

En la bañera.

En la ropa.

En los muebles.

En la sopa.

En los bigotes.

Y en la barba.

Una amiga se quejaba en el teléfono:

—Te juro que no sé qué hacer, estoy desesperada. Ya no me quiero lavar más la cabeza, porque me da terror el pelo que se me cae. El otro día vino un plomero a destapar la cañería, ¡y me preguntó si había puesto una peluquería!

Pero —aunque les cueste creerlo— esto también tiene su lado positivo.

Con la edad, también se suelen caer los pelos de la lengua.

Un día te levantás y te volvés a acostar inmediatamente.

Se acabó, la vida no tiene sentido, no tenés fuerzas para seguir, te sentís un gusano.

Estás segura de que si vas a hacer un casting para *Metamorfosis* —la película sobre los insectos— no te dan el papel porque querían un gusano alegre.

No salís a la calle, no te arreglás, no te vestís, todo es oscuro, la vida no vale la pena.

(Mi amiga Lucía me cuenta que se pasó tres meses llorando sin parar, pero no se preocupó realmente hasta que se dio cuenta de que lloraba con las películas cómicas. Pero no con las de Porcel, con ésas lloraba antes de la menopausia... ¡Con las de Woody Allen!)

Pasás así un tiempo hasta que alguien te dice que eso es hormonal, que cuando baja el nivel de hormonas en el organismo puede aparecer una depresión; entonces vas al ginecólogo, te receta un suplemento de hormonas y te recuperás rápidamente.

Otra vez el color, la vida tenía sentido, qué boluda, cómo sufrí al pedo.

Al otro día te levantás y te pesás.

¡Bajaste cinco kilos!

Esos cinco kilos pertinaces que les sobran a todas las mujeres, y que a vos —como a todas— te han obsesionado desde que tenés uso de razón, esos cinco kilos que eran tu enemigo declarado, que habían resistido estoicamente los embates de todas las dietas, de todos los masajes, de todos los aparatos, de todos los sistemas para adelgazar, esos cinco kilos que te separaban de la felicidad... se los llevó la depresión.

¡Es la única dieta!... Te lo aseguro.

La angustia no, ésa engorda horriblemente.

Pero una buena depresión... de esas que no te pasa ni el aire... ¡es perfecta!

Dura.

Pero infalible.

Querida Gabriela:

Me animo a escribirte esta carta a vos, porque me parece que somos de la misma edad, pero a vos todavía te quedan ganas de reírte.

Pronto voy a cumplir 50 años. Escucho la cifra y me da como un escalofrío.

Cuando yo era chica, una mujer de 50 años era una anciana, pero, por suerte, ahora ¡es peor!... ¡Ahora sos anciana a los 30!

Entonces siento que tengo que oponer alguna resistencia antes de que la fuerza de gravedad se apodere definitivamente de mi cuerpo y me hunda para siempre.

Y no hablo de estar linda, ¿eh?... ¡No!

¡De estar sana!

De ver, oír, caminar, conservar las fundas, peinarse sin quedarse pelada.

Lo oftalmológico me está volviendo loca.

La presbicia me corrigió la miopía pero no el astigmatismo.

Los dientes se me mueven porque se reabsorbieron las raíces, me atacó la celulitis en los huesos, pelo me queda poco, y ando de médico en médico para parar todo lo que se me cae. ¿Te diste cuenta, Gabriela, de que con los años todo se cae?... ¿Menos las encías, que se levantan?

Todas mis amigas me dicen que viva en el "aquí y ahora" pero yo en lo único que pienso es en el futuro. Negro.

Hago dieta, gimnasia, tai chi y rezo.

Decime la verdad, ¿vale la pena hacer tanto esfuerzo?

Y si es así... ¿Para qué?

Me gustaría unirme a algún grupo de menopáusicas,

pero no sé si existen, o sólo son un producto de mi imagi-
nación.
   Gabriela... ¿qué hacer?
   Yo sé que la menopausia es sólo una etapa de la
vida... Pero... decime la verdad...
   A esto... ¿se le puede llamar vida?

Menopáusica
trastornada.

Querida Menopáusica:

   Tu desgarrador testimonio me llegó al corazón, y no te
quiero mentir ni un poquito.
   Quiero decirte que sí, que a los 50 años, si hacés gimnasia, una dieta estricta, un retoque de cirugía aquí y allá,
una constante visita a la peluquería, tenés un excelente dentista, una buena dermatóloga, un ginecólogo de confianza,
un traumatólogo consciente, un oftalmólogo aggiornado,
una buena profesora de yoga, tomás vitaminas, hacés caminatas y tenés el mejor analista... podés estar bien.
   Pero quedás muerta.
   Estás fenómena pero te lleva todo el tiempo de tu vida.
   Si verdaderamente te lo proponés y tenés una voluntad de hierro, podés alargar tu vida. Lo que no sé si te van
a quedar son ganas de vivir.
   Pero no tenemos que dejar que eso nos detenga.
   ¡Por supuesto que es importante hacer el esfuerzo!
   ¿Para qué?... ¡Para empeorar mejor!
   Y yo creo que hay algo muy importante para destacar
de esta etapa de la vida, que nadie reconoce lo suficiente.
   Y es que —a los 50— ya no estamos solas.
   ¡Estamos rodeadas de profesionales!
   Tenemos tantos médicos de cabecera que vamos a
tener que agrandar la cama.
   Le pregunté a mi amiga Liliana Mizrahi porque sé que
ella había pensado en formar grupos de menopáusicas, y me
informó acerca de éstos que parecen muy recomendables.

Uno de ellos es el UM: Ultra Menopáusicas.

Son mujeres muy orgullosas y exhiben sus síntomas. No se abanican los calores.

Exigen que les abran las ventanas y si no las rompen a sillazos.

Cuando lloran toman vino tinto y cantan "Uno":

"Si yo tuviera menstruación...

la misma que perdí...

si yo pudiera como ayer...

ovular y presentir...

es posible que a tus ojos que me miran sin cariño los cerrara con desprecio..." etc, etc.

No controlan sus emociones. Se pelean con los colectiveros, les pegan a los maridos... son la vanguardia menopáusica.

Luego está MOMO, que es la sigla por Menopáusicas Optimistas.

MO — MO.

Lo dicen dos veces para créerselo.

Es un grupo brasileño y se constituyeron como escola do samba.

En el último carnaval cantaban:

"Menopausia maravillosa, llena de encantos mil, calores de minho corpo, corazón du meu Brasil."

También está MAMA, que es la sigla de Menopáusicas Amnésicas:

MA — MA. Lo dicen dos veces para acordarse.

El único problema con este grupo es que no pueden reunirse nunca, porque se olvidan la fecha, el lugar, los objetivos y las tareas.

Y por último está el REMA que es un Remolque para Menopáusicas Apáticas.

Si te quedás estancada en algún lugar, te vienen a buscar y te remolcan hasta tu casa.

Querida amiga, el temor que le tenemos a la palabra menopausia es absolutamente injustificado, ya que —al tener plena conciencia de lo que nos espera— podemos pasar instantáneamente a un estado de gracia.

Nos volvemos Zen.

No sólo vamos a vivir en el "Aquí y ahora" sino más bien en el "Ahora o nunca".

Con amor, Gabriela.

———————————

Prohibido
envejecer

Un día estaba caminando por una calle del centro y de golpe me paran dos policías con cara de pocos amigos civiles. —¡Documentos! —me ordenan.

Yo obedecí desconcertada pero cuál no fue mi sorpresa cuando uno de ellos —después de mirar mi cédula— me toma de un brazo y me dice: "¡Acompáñeme!... ¡Está detenida!"

—¿Por qué? —pregunté, sin creer lo que me estaba pasando.

—¡Por vieja! —me contestó.

—¿¿¿Qué???

—¡No se haga la tonta! —me sacudía como a una delincuente—. ¿Acaso me va a decir que no sabe que las mujeres tienen prohibido envejecer?

—Sí —mentí—, pero yo... ¡Estoy trabajando en eso!... ¡No me lleve presa!

—¿Tiene alguna constancia que lo acredite? —preguntó.

—¿Como qué?

—¡No sé!... Algún papel firmado por su cirujano... ¡Algún permiso para circular así!...

—¡Lo tengo en trámite! —seguí mintiendo—. Pero le juro que...

—Lamentablemente no voy a tener más remedio que encerrarla —me interrumpió mientras me empujaba dentro del patrullero—; los cincuenta son el límite para que una mujer circule por la calle. Un día después ya es pornografía.

—¡Socorro! —me desperté gritando y con el corazón al galope—. ¡Dios!... ¡Qué pesadilla espantosa!

Me fui a la cocina a buscar algo para tomar y noté en mi cuerpo una sensación extraña. Como una pesadez en los huesos, en la médula, en las uñas, las pestañas. Me debo haber resfriado —pensé—. ¡Claro!... esto fue anoche, cuando abrí la ventana y entraron... ¡cincuenta años!

No lo pude soportar. Mi primera reacción fue de negación absoluta.

No estaba dispuesta a permitir que el sentido común, el miedo al futuro y el realismo se infiltraran a través de la fe, la fantasía y la conducta adolescente que me mantuvo divertida y en marcha durante tantos años.

—¡A mí no me preocupa el paso del tiempo —juraba—, porque todavía me veo muy joven! Me miro al espejo y me doy cuenta de que tengo toda una vida... ¿por detrás?

Al rato llegó mi hijo a hablarme de su tema preferido, los juegos de la computadora, e insistió en hacerme participar de un juego complicadísimo que para mí era chino pero que él manejaba a la perfección y con una celeridad increíble.

Él no podía comprender que a mí me costara tanto.

Yo traté de explicarle qué distinto era el mundo cuando yo era chica y él me preguntó: "¿Por qué?... ¿Era plano?"

¡Dios mío! ¿Cómo se hace? Si de golpe, de un día para otro, te mirás al espejo y descubrís que el futuro ya llegó. ¡Que si rascás un poco en tu maquillaje, te encontrás con tu madre!

Y te das cuenta de que estás en baja.

Llamé desesperada a mi amiga Viviana.

—Es así, muñeca —corroboró ella—. ¡Con la edad todo baja!... No sólo en tu cuerpo —donde la gravedad hace verdaderos estragos— sino en todo lo demás.

—¿Cómo qué? —pregunté aterrada.

—Y... ahora... ¡Hay que bajar el maquillaje, hay que bajar los tacos, hay que bajar la luz, hay que bajar las pretensiones!...

—¡Pero yo soy al revés! —protesté—. ¡A medida que pasa el tiempo me he vuelto menos deseable pero más exigente!

—¡Jodete! —susurró mi amiga.

¡¡Dios mío!!... ¿Habrá alguna salida?... Pero esto es

una locura de ahora —pensé—, antes era distinto... Cuando yo era chica, una mujer a los 50 años, si había sobrevivido a un matrimonio para toda la vida, se jubilaba, se ponía las pantuflas y... ¡a criar a los nietos!... Pero ahora... ¡hay que seguir remando!

—¡Ya te dije que las mujeres tenemos prohibido envejecer! —sentenció Viviana con la seguridad que la caracteriza.

—¡Pero eso es imposible! —le dije—. ¡Por más que una quiera... hay una realidad!

—¡A quién le importa la realidad! —gritó—. ¡La realidad también tendría que estar prohibida!

—Pero no, Vivi, yo me refiero a que tiene que haber una razón para envejecer.

—¿Qué razón puede haber para envejecer?... Envejecer no tiene nada que ver con la razón. Es algo completamente irracional. Si te ves joven... ¡Sos joven!... es más... si me das a elegir, yo prefiero verme bien a sentirme bien.

—No, Viviana, yo te estoy hablando de una razón religiosa, de una instancia superior que le dé sentido a esta pálida. Estoy segura de que envejecer tiene que servir para algo.

—Sí—sonrió—, sirve... ¡para que te den ganas de morirte!

Corté con ella y el tema de la edad me invadió completamente.

Me empecé a dar manija y a imaginarme de vieja.

Pero... ¿qué tipo de vieja sería?

¿Una vieja platinada arrastrando un tubo de oxígeno para bailar salsa en Miami?

¿O una encerrada en su cuarto, con las cortinas corridas, los espejos tapados, y un frasco de antihistamínicos?

Las dos imágenes me deprimieron profundamente.

Le pedí a mi analista una sesión de urgencia.

—Doctor... yo... ¡no puedo envejecer! —gemí.

—¿Por qué no? —preguntó con sorna.

—¡Porque las mujeres después de los cincuenta se vuelven invisibles para los hombres! ¿No se había dado cuenta?

—En lo más mínimo —me sobraba—. ¿Y de dónde sacó esa teoría?

—¿No conoce esa estadística que hicieron en EE.UU. y que dice que una mujer después de los cuarenta tiene más posibilidades de que la ataque un grupo terrorista que de casarse?

—Sí —contestó.

—Bueno... ¡a los cincuenta se tiene que dar por contenta si se casa con un terrorista!

—¡No empiece a exagerar! —me cortó en seco—. Usted es una tremendista. En todo caso —cambió el tono—, siga los consejos de Agatha Christie y búsquese un arqueólogo.

—¿Por qué? —caí como una chorlita.

—¡Porque cuanto más vieja se ponga, más le va a interesar a él! —se reía el boludo.

—¡Para peor soy actriz! —trataba de explicarle—. ¿En qué me voy a convertir?... ¿En una actriz de carácter... podrido?... ¡Además al público tampoco le gusta que las actrices envejezcan!

—¡Está muy equivocada! —aseguró mi analista—. No sé de dónde saca esas ideas porque en realidad sucede exactamente todo lo contrario. En una persona conocida la longevidad se aprecia más que en ninguna otra.

—¿Por qué?

—¡Porque la aplauden por no estar muerta!

—¡Gracias, doctor, ahora sí me quedo mucho más tranquila!

Huí despavorida.

En un rato muy corto, en el mismo día, dos personas muy cercanas me hablaron de la muerte. Y mi propio hijo me veía como a Matusalén.

Es más, ya casi me empecé a sentir olor a incienso y a mirra.

Me agarró una pequeña paranoia.

—¿Estaré aun más vieja de lo que me imagino y nadie me lo dice?... ¡Pero eso sería estar prácticamente con los dos pies en la tumba!... ¡No, no puede ser! ¡Nadie podría verme más vieja de lo que yo me veo!

Me empecé a dar una manija espantosa.

De repente todo me hablaba de la muerte.

Las piernas me empezaron a temblar.

Llegué a mi casa lo más rápido que pude y cerré la puerta con siete llaves como si la Parca me persiguiera personalmente.

Respiré hondo y traté de tranquilizarme.

—¡Pero qué paranoica me pongo con este tema! —pensaba—. ¡Si está todo bien!... La gente me dice que me ve bárbara, y yo confío más en la gente que en mí. Porque una siempre se está viendo peor de lo que es, pero los otros son los que te dan la verdadera medida de cómo estás. Y yo no estoy tan mal para mi edad... tengo salud, tengo energía, tengo...

—¡Tiene llamados en el contestador! —me baraja mi empleada.

—¿Quién llamó?

—¡No sé, pero escúchelos que hay varias ofertas!

Me volvió el alma al cuerpo.

—¡Pero qué boluda, cómo me pongo!... —pensaba—. ¡Tengo que volver a las flores de Bach!... Ésas para los pensamientos recurrentes. Me doy manija con una cosa y después no puedo parar. Ahora me agarré esta obsesión con el tema de la edad, y estoy hecha una paranoica. Menos mal que la vida todavía me depara sorpresas...

¿A ver las ofertas...?

Dos ofertas de seguros de vida...

Y cuatro... ¡de cementerios privados!

Confesiones
de mujeres
de cincuenta...

...o cómo saber si una
es una mujer mayor

Pasás a ser definitivamente una señora

Nadie, nunca más, ni por casualidad, ni por equivocación, ni por piedad, ni por interés, te vuelve a decir "señorita".

Ni siquiera una criatura pequeña que no tiene la más remota idea de los estados civiles de la gente.

Ni siquiera alguien que está tratando de ser amable.

¡Ni siquiera alguien que te pide limosna!

¡Ni siquiera un vendedor de autos!

¡Ni siquiera un taxista que está de espaldas!

Cuando la palabra señorita desaparece de tu vida, se puede decir con certeza que pasaste a ser una mujer mayor.

Ahora... ¡es inconcebible!

¿Cómo puede saber una persona si soy o no una señorita, sólo con verme la cara?

¿Y si fuera grande pero virgen?... ¿qué sería entonces?

¡Una boluda, ya sé!... Pero, ¿una boluda señora o una boluda señorita?

Les dejo la inquietud.

_____

No existe tu talle

Así, de buenas a primeras, como en el truco de un mago berreta, tu talle, que hasta hace poco existía... ¡desapareció!

Se extinguió. Como los dinosaurios.

Tu cinturita de avispa se convirtió en una cinturita de obispo.

De golpe te das cuenta de que te has recorrido todas las boutiques de la Capital Federal y el conurbano —en las que te compraste tu ropa durante años— y no te pudiste comprar ni una remera.

Saliste a la calle decidida a gratificarte, con dinero, bien predispuesta a pasar el día de shopping, emprendimiento que —hasta ahora— había dado siempre buenos resultados... y... ¡no pudiste comprarte nada!

Situación desesperante si las hay.

Lo mejor que te puede pasar en estos casos es que te toque alguna empleada obsecuente, que insista en hacerte probar la ropita de muñeca —aunque sea ostensible que en esa pollera no entra ni un brazo tuyo— y que trate de convencerte de que esta temporada se va a llevar el look matambre.

Porque también te puede pasar que la empleada te mire con un profundo desprecio, y directamente no te deje probar la ropa, porque tiene miedo de que le rasgues los pantalones talla anorexia al pasar por tus enormes caderas.

La tercera opción y la peor de todas es que —antes de que abras la boca— la empleada te pare en seco y te diga a los gritos: "¡No tengo tu talle!"

Como me pasó a mí.

Con lo que se entera todo el mundo de que salís de ahí sintiéndote un elefante además de una mujer mayor y encima... ¡sin nada que ponerte!

Ya no podés usar mallas normales

Tenés que comprarte mallas de "señora".

Las mallas de señora son diferentes a las normales, porque vienen apuntaladas por todos lados. Me hacen acordar a esas vigas que se ponen para apuntalar a los edificios en ruinas.

Traen ballenas, ballenitas, ballenatos... ¡qué sé yo!

Te hacen sentir en familia.

Tienen rellenos en el pecho y en la cola, corpiños internos, prótesis escondidas.

Y una chapita muy delgada de aluminio, que te aplasta la panza y las caderas.

Están hechas de una especie de hierro elastizado, que te moldea un cuerpo falso, lleno de artilugios, pero que te permite ir a la playa.

No sé si moverte.

Pero eso ya es otro precio.

Eso sí, para sacártela, la tenés que cortar con un abrelatas.

Tenés que apartar las cosas para leer

No creo que exista un símbolo más inequívoco de que se es una persona mayor que el de apartar las cosas para poder leerlas.

Una puede estar muy bien físicamente, hacer gimnasia, cuidarse la piel y representar diez años menos.

Y hasta salir con alguien mucho más joven.

Pero el momento en que él te diga: "Querida, fijate en el diario a qué hora empieza la película"... ¡cagaste!

Tenés que apartar el diario y mover la cabeza para atrás para poder hacer foco, el diario y vos apartados como dos enemigos que se observan desconfiados, y ese solo movimiento canta la edad peor que el horóscopo chino.

Y supongamos que él —dulce pájaro de juventud— nunca haya oído hablar de la presbicia y no se da cuenta de que tus estertores de cuello son porque estás tratando de hacer foco, y te pregunta qué te pasa... ¿qué le vas a decir?

¿Que el diario te da asco?

Y pensándolo bien... ¿por qué no?... ¡Por ahí te lo cree!

Si de verdad te quiere te lo tiene que creer.

La memoria empieza a demostrar una cierta clase de agujeros negros —como esos en el espacio que se tragan las estrellas— pero que se tragan los nombres de la gente, los números de teléfono, las fechas y el lugar donde estacionamos el auto.

Los policías de esta ciudad ya están hartos de mis denuncias por robo de mi coche.

—¿Pero está segura de que se lo robaron?... ¿Dónde lo dejó?

—¡Le digo que lo dejé en esta esquina!... ¿Por qué siempre desconfía de lo que le digo?

—¡Porque no es la primera vez que se equivoca!... ¡Haga memoria!... ¿Está segura de que lo dejó acá?

—¿Ve? —protesto yo—. ¿Ve lo que tiene que luchar una mujer para que le crean?... Usted... ¿Sabe lo que es la injusticia?... ¿Sabe lo que es la discriminación?... ¿Sabe... que tiene razón?... ¡Me acabo de acordar de que lo dejé en la otra cuadra!

—¿Por qué no anota dónde lo deja, así no pierde tanto tiempo?

—¡Porque una vez lo anoté y me olvidé la agenda!... ¡Creí que me moría!... ¡Prefiero perder el auto!... Perder la agenda para mí es igual a que me hagan una lobotomía.

A veces llamo por teléfono a alguien y —para la hora en que me atienden— ya me olvidé a quién había llamado.

La pérdida de la memoria es insoportable. Y en una actriz es directamente el suicidio.

—¡Déme algo para la memoria, doctor, se lo suplico! —le dije a mi ginecólogo de cabecera—. Yo... no puedo darme el lujo de perder la memoria. Yo... soy mi memoria, mi identidad es mi memoria, mi único talento es mi memoria, si me quedara sin memoria moriría olvidada por mí misma... y por los otros desmemoriados.

—¡Qué bueno! —contestó el insensible—. ¿Es el parlamento de alguna obra?

—¡No me tome a la chacota! —le dije—. ¡Es un problema serio para mí!... Dígame la verdad, doctor... ¿Falta mucho para que la ciencia invente la memoria Ram para humanos? ¿Por qué a la computadora se le pueden agregar unos gigas y a nosotros no?

Me mandó para mi casa con un frasco de Gingko Bilova y una beca para un curso de computación.

—¿Te acordás cuando hablábamos de corrido? —es uno de los chistes que nos hacemos con nostalgia las personas mayores.

—¡No me acuerdo! —respondió mi amiga Gloria—. ¡Yo ando tan mal de la memoria, que ahora acordarme de algo me da más placer que un orgasmo!

Antes, en las épocas en que una no era una mujer mayor, cada vez que tenía que pasar por delante de una barra de muchachos, se ponía nerviosa.

¡Y ahora también!

"Ahí están otra vez esos grandulones, parecen los dueños de la esquina, seguro que me van a decir alguna guarangada, o —lo que es peor— capaz que me largan un manotazo, y yo le voy a tener que dar un cachetazo a alguno... ¡Ay, no!... ¡Dios me libre!... Lo mismo le doy un cachetazo a alguno y el otro me pega un tiro, o me violan como a Mirtha Legrand en *La patota*, o a Margaux Hemingway en *Violación* o a Jessica Lange en una de época que no me acuerdo el nombre pero sí la violación, que era horrible y ella se la oculta al marido pero él igual se entera.

"Mejor me hago la indiferente, y paso con cara de nada, o cruzo como si tal cosa, ellos no tienen por qué saber si yo pensaba cruzar antes de verlos o no, porque no creo que puedan leer el pensamiento aunque si cruzo se va a notar mucho que les tengo miedo y capaz que se ponen más pesados, mejor paso con cara de mala, o me abulto la ropa en la panza, para que piensen que estoy embarazada, y... "

¡Olvídenlo! No vale la pena hacerse más mala sangre por eso.

¡Ellos no te registran!

No te ven.

¿Se dan cuenta de que también tenía sus ventajas ser una mujer mayor?

¡Nunca más correremos el riesgo de ser acosadas sexualmente!

Sin nuestro consentimiento.

El amor
en los tiempos
del colesterol

La ciudad de brujas

De buenas a primeras un día empecé a pensar cuánto tiempo hacía que yo no tenía un hombre al alcance de las manos.

Y recordé que mi último romance me había dejado tan neurótica que mi analista de esa época me echó.

Me dijo: "Le recomiendo que se calme porque a usted la neurosis ya le está haciendo metástasis", mientras huía por la ventana con miedo a contagiarse, supongo.

Pero antes de irse me sugirió que viera a otros analistas.

Seguramente él veía a otros pacientes.

Bueno, no importa, la cuestión es que después de eso, pasé por una larga época de sequía amatoria en la que yo estaba mal, mal, mal.

Era una época de esas en que atraés las malas ondas, te muerde tu propio perro, te araña tu gato, te caga tu pajarito, la tortuga te hace un planteo existencial... te dice que el mundo se mueve muy rápido para ella, y yo la miraba, le daba lechuga y le decía:

—Manuelita... asumí tu destino, tu piel no es de porcelana, estás lenta, todo gira muy rápido y sentís que te estás quedando en el camino sola y escondida dentro de tu caparazón... Manuelita... ¡Prestame tu lechuga y haceme un lugarcito en tu rincón entre las plantitas del jardín!

La verdad es que andaba mal mal, nunca me había pasado de compararme con una tortuga, a lo sumo con una potrillita, con una mariposa...

Era una época espantosa y yo sin analista.

¿Qué se hace en estos casos?

¡Ir a una bruja!... ¿Dónde más?

Me vestí de anónima con lentes oscuros y un pañuelo en la cabeza, y visité a todas las brujas, curanderas y videntes de la ciudad y el conurbano.

Adivinen qué encontré...

¡Salas de espera llenas de mujeres!

Ni en el consultorio de un ginecólogo de moda se encuentran tantas vaginas conflictivas como en casa de estas mujeres hechiceras.

¡Me leyeron la borra del café, del té, del mate porongo, la borra del yogur! Me leyeron las manos, la planta del pie, la axila, las patas de gallo... el destino según la forma de las orejas, del ombligo y del pezón izquierdo. Todos los pronósticos coincidían:

"No hay futuro posible"... "Estás muy bloqueada"... "Somos brujas, pero no hacemos milagros"... "¿Probaste ir a Luján?"

—¡Pero soy judía! —les rogaba yo—. La Virgen... ¿me va a querer hacer un milagro?... ¿Y si me pide que me convierta?...

A partir de ahí me empezaron a recetar un sinnúmero de gualichos de toda índole. Uno más difícil de cumplir que el otro.

Las recetas que me daban eran:

"Acariciá los huevos de un doberman y dormí abajo de una mesa de cedro."

—¿Con el doberman? —me angustié.

"¡Cortate una uña, picala y dásela en una comida, así él va a volver!"

—¿De dónde...? —protesté—. ¡Si todavía no lo conozco!

"¡Envolvé tus caderas en papel secante, y poné un poroto a germinar, cuando empiece a dar brotes él va a aparecer!"

—¿Quién va a dar brotes? —no entendía—. ¿El poroto o yo?

"Tomá varios litros de agua bendita y no orines por cinco días..."

—¡Voy a explotar como un globo bendito!

"Hacete un tecito con el cuero de una rana."

—¡Que se lo haga tu abuela! —le dije, y me despedí para siempre. Esto no es para mí... ¡Ya vendrán tiempos mejores! —pensé.

Y vinieron.

Pero... ¡cómo demoraron!

La edad no te protege del amor.
Pero el amor —de alguna manera—
te protege de la edad.

JEANNE MOREAU

Era el cumpleaños de mi amiga Susy, y la conversación llevaba nuestro rumbo favorito. La mayoría de mis amigas estaba saliendo con hombres mucho más jóvenes y me recomendaban calurosamente el sistema.

—Los jóvenes no son tan machistas —decía Laura—, seguramente fueron criados por mujeres un poco más independientes, y entonces están más sueltos. A mí me encantaría tener un romance con un hombre más joven.

—¡Dudo que te interesen —le contestó Susy—, porque en general no tienen guita!

—¡No, pero yo hablaba de un joven con guita! —replicó Laura sin achicarse—. Los hombres tienen que tener dinero, si no no me interesan.

—Laura —intervine—, ése es el pensamiento más machista que escuché en mi vida.

—¿Por qué? —se indignó—. ¡El día que ellos acepten mi celulitis yo los voy a aceptar sin dinero!... ¡Antes, no!... Pero además los jóvenes son más cariñosos, más espontáneos, no tienen tantos rollos con la sexualidad, no tienen problemas en ponerse un forro...

—¡Son más cómodos! —intervine—. Bueno, pero después no nos quejemos si a los hombres les gustan las pendejas, porque seguro que les gustan por las mismas razones.

167

—¡Yo me divierto como loca con Diego! —dijo Lucy—.
Él es quince años más joven que yo pero tenemos un muy
buen enganche, sobre todo en el sexo. A mí me parece que
es porque las mujeres llegamos más tarde a la sexualidad,
y alcanzamos la plenitud después, por eso coincidimos
con los más jóvenes.

—¡Y vos estás como uno de veinte!... —contesté.

—¡No sé, puede ser! —se rió—. ¿Y cómo están los de
veinte, si se puede saber?

—¡Compulsivamente calientes!

—No, el mío tiene treinta —dijo—. Eso... ¿cómo me
deja a mí?

—A los treinta ya se empiezan a estabilizar, quedate
tranquila.

—Sí, pero les dura poco —dijo otra—, porque a los
cuarenta entran en crisis.

—¡Y a los cincuenta sólo se calientan con pendejas!
—se indignó Laura—. Seguro que les agarra la andropausia,
y sus parches son las pendejas.

—Bueno, entonces a nosotras nos corresponderá buscar hombres más grandes, de sesenta, o sesenta y cinco...

—¡Ni loca! —saltó Lucy—. ¡Salvo que fuera un hombre
muy religioso!

—¿Por qué?

—¡Porque a los sesenta y cinco sólo la levantan si
rezan diariamente!

—¡Mirá que sos exagerada, Lucy! —comenté—. ¡Si hay
hombres que se vuelven a casar a los ochenta!... ¡Ellos
siempre tienen cuerda!

—¡Sí, es cierto —me cargaba— porque hacer el amor a
los ochenta debe ser como querer jugar al billar con una
soga!

—¡A mí me gustaría encontrar a uno de ochenta!
—dijo Lucía sorprendiendo a todas—. Es más... creo que
las perfectas medidas de un hombre deben ser: 80-3-80...
o sea... ¡80 años, 3 infartos y 80 millones de dólares!

Aquello era un jolgorio. Las chicas sólo querían divertirse. Y las grandes también.

—Yo pienso que los jóvenes se pueden curtir cuando

una mujer está en la década de los cuarenta —acoté—, pero cuando ya se cumplieron los cincuenta está terminantemente prohibido. Interdicto.

—¿Por qué? —saltó Laura—. ¿Y entonces Susana, y Leonor, y Graciela...?

—Bueno —reconocí—. ¡Hay excepciones!... Pero yo creo que la mayor dificultad con los más jóvenes es la ausencia de códigos comunes. Ni hablar de los objetivos que son tan distintos de una década a la otra. Con los muy jóvenes hay un montón de temas de los que no se puede hablar.

—¡Mejor! —dijo Laura—. Los hombres y las mujeres ya hablamos demasiado. Es hora de pasar a la acción. Además entre los grandes hay mucho fanático del sexo oral.

—¿Ah... sí?

—Sí... ¡Se lo pasan hablando!

Todas sabíamos que María estaba saliendo con un chico jovencísimo, pero por más que le pedimos no se animó a confesarnos la edad, aunque contó un par de anécdotas que lo pintaban entero.

Dijo que un día ella lo miraba extasiada porque le parecía tan bello, que le dijo:

"Me hacés acordar al *David*, de Michelangelo."

Y él pensó que le hablaba de una Tortuga Ninja.

Otro día fueron al cine a ver *Pulp Fiction*, y él pensaba que era el debut de John Travolta.

—¡Ya no podemos hablar de casi nada! —se reía María—. Tengo miedo de descubrir que el día que a mí se me retiraba la menstruación a él se le retiraba el acné.

Yo no sé si ustedes lo notaron, pero en nuestros días hay como una fiebre, un especie de epidemia de mujeres enamoradas de púberes.

Especialmente entre las maestras.

Una es la de Estados Unidos, que tuvo su segundo hijo con un chico que todavía va al pediatra... ¡Ni la cárcel la detuvo!... ¡Qué mujer voluntariosa!... ¿Cómo hará para criar a dos hijos y a un marido al mismo tiempo?

¡Pero no crean que acá vamos a ser menos que en el primer mundo!

¡Acá también tuvimos nuestra maestra enamorada de un chico de 12 años! ¿Será por aquello de que la maestra es nuestra segunda madre?... ¡Qué contenta debe estar la primera!... ¿no?

Como este tema es cada vez más frecuente entre las mujeres, les sugiero unos pequeños datos a tener en cuenta para saber si el chico con el que están saliendo es demasiado joven.

¿Es incapaz de comer solo?

Cuando se cansa... ¿te pide upa?

¿Tiene su dormitorio empapelado con motivos de payasitos?

Cuando salen... ¿te lleva al pelotero?

Si tu respuesta es sí, tengo una última pregunta para hacerte.

¿Tenés zapatos para combinar con el traje a rayas?

DEL DESIERTO DE NEGUEV
AL LEVANTE

—No, yo ahora quisiera encontrar a un hombre de mi edad —le comentaba a Viviana—, aunque no sé si quedará alguno vivo.

—¡Siempre la misma exagerada!

—De verdad, los hombres de mi edad, o están casados, o están muertos. O las dos cosas a la vez.

—Sí, pero vos tenés que bajar un poco a la realidad —me dijo—, porque sos muy pretenciosa y los tiempos están difíciles. Yo también quiero a alguien de mi edad, pero no me importa que no sea un intelectual.

—Pero yo quiero admirarlo.

—Se lo puede admirar por otras cosas.

—Sí, si fuera un tipo que se hace cargo... que tenga sensibilidad. Un tipo que tenga un lado femenino fuerte porque entonces pondría el amor en primer lugar.

—Pero también tiene que tener un lado masculino fuerte para tener pelotas porque si no no te va a gustar.

—Sí... pero que esté de vuelta porque si no estaría alienado.

—Bueno... Un tipo de 50 que esté de vuelta —sentenció Viviana—, pedíselo al universo.

—Y su señora... ¿lo dejará ir? —pregunté.

—¿Ves?... ¡Vos sos una descreída!... ¡Así nunca vas a encontrar lo que querés!

—Pero decime la verdad, Viviana, ¿dónde voy a encontrar a un hombre de mi edad que esté vivo y soltero?

—¡En un Solos y Solas! —exclamó sin dudar—. Yo hace años que voy y siempre lo paso bomba... Conocí a un montón de tipos así. Te invité un millón de veces pero nunca me diste bola.

—¡Ni te la voy a dar!... ¡Ni loca me enganchás a mí para ir a esos lugares!

—¡No es lo que vos te imaginás!... Por lo pronto no es un "lugar" a donde pueda ir cualquiera. Es en la casa de mi prima Chuchi, en San Isidro. ¡Mi prima hace años que organiza reuniones solamente entre sus conocidos, y va toda gente de nuestra edad!

—¿De la tuya o de la mía? —indagué—. No te olvides de que yo te conozco desde antes de que fueras tan joven como ahora.

—¡No empieces a poner excusas! —se enojó—. ¡El sábado vamos!

—¿Pero vos estás enferma? —le grité—. ¿Cómo creés que yo voy a poner la cara en uno de esos lugares?... ¿Te pensás que me interesa quedar escrachada para siempre?... "¡La Acher en liquidación, aproveche el saldo!" ¡No, ni loca! ¡Me muero de vergüenza!

—¿Podés parar de decir boludeces? —se indignó—. ¿No te estoy diciendo que es un lugar de lo más exclusivo?... ¿Qué pensás que va a haber?... ¿Fotógrafos?... ¡Es sólo para los conocidos de mi prima, y ella se mueve en un ambiente fantástico!

—¿De gente que necesita que los presenten porque son inútiles afectivos, enanos emocionales, casos perdidos, imposibilitados sociales?... ¡No, gracias!

—¡No empieces con tu paranoia! —dijo Viviana, la psicóloga—. Para vos cualquier excusa es buena para seguir metida en tu burbuja. Pero más tarde o más temprano vas a tener que salir de tu ostracismo.

—¿Ah, sí?... ¿Y por qué, se puede saber?

—¡Porque si no te vas a convertir en una piedra que piensa!

—¡Por lo menos pienso!... ¡No como otras piedras!... ¡Pero además yo estoy feliz en mi burbuja! —grité sin el menor convencimiento—. ¿Qué tiene de malo estar en una burbuja?

—¡Que se te está por acabar el oxígeno! —dictaminó ella—. ¡Que el próximo paso es el óxido, que si seguís así en lugar de un novio va a haber que buscar un picapedrero!

La imagen del óxido me hizo castañetear los dientes.

—Decime la verdad, Viviana... —musité—. Vos... alguna vez... ¿curaste a alguien?

—¡No! —se rió—. ¡Pero enfermé a más de cuatro!

—Pero Viviana... ¡no seas irresponsable! —le dije—. Vos sos psicóloga, tendrías que vender salud mental... aunque no la tengas.

—Bueno, es que vos me ponés nerviosa —dijo—; tengo miedo de que estés perdiendo tu espíritu de aventura. Y sería una lástima porque la presencia de un poco de testosterona en tu vida no te haría ningún daño.

Viviana parece una bestia, pero es.

Y también es la persona con la autoestima más alta que conozco.

Aunque la tenga alimentada con suero.

No me quedó más remedio que reconocer —una vez más— que tenía razón. Me puse a pensar cuánto tiempo hacía que yo no salía con un hombre, y me acordé de que el último... ¡había pagado con australes!

¡El dato era devastador!

Pero... ¿qué hacer? ¡Ir a un Solos y Solas era caer en lo más bajo!... ¿Cómo asumir frente a los otros solos que una está sola... pero bien acompañada por sí misma?

¿Cómo acercarse de una manera distante?

¿Cómo DISIMULAR que estás AHÍ?...

Además... ¿qué clase de vínculo se podría esperar de un encuentro en esos lugares?

—¡Nunca se sabe! —acotó Viviana—. ¡Por lo pronto mi prima ya se casó tres veces!

—¡No me sorprende!... ¡Siempre se casan las mismas!

—Pero dale... relájate y goza, no te lo tomes tan a pecho, tampoco es para casarse, yo te hablo de... ¡algo para picotear!

—¡Mirá, no te hagas la canchera, que ya he visto a más de una empezar picoteando y terminar poniendo un huevo!

—¡Bueno, muñeca —su carcajada fue como un insulto—, ése ya no es tu problema!

—¡Pero además, yo... no sé picotear! —protesté—. ¡Si

alguien me gusta, me obsesiono, y si no, no me gusta, y en el medio no hay nada!

—¡Jodete! —dijo mi amiga del alma, y se fue dando un portazo.

Esa noche tuve una pesadilla espantosa.

Soñé que un picapedrero intentaba picar la tumba de Tutankamón, pero la piedra de la entrada era tan dura que el pico se le derretía, y de adentro salía Tutankamón furioso con un pico y una pala y lo enterraba vivo... y...

¡Me desperté histérica!... ¡Me cago en Viviana y sus metáforas con pico!

El sábado me puse lentes negros y un sombrero con tul que me tapaba bastante la cara. Quedé como una especie de hija boba de Marta Minujín y Esther Goris.

Pero me armé de coraje y aparecí por ahí a las dos de la mañana, con la secreta esperanza de que se hubiera terminado.

La casa de Chuchi era un palacete en San Isidro, y —ni bien atravesé la verja de la entrada— me encontré con un jardín imponente y una pileta espléndida. La casa estaba al fondo y con todas las luces encendidas, por lo que supuse que todavía quedaría gente. Pero el jardín estaba muy románticamente iluminado por unas antorchas divinas que no iluminaban nada.

Empecé a caminar hacia la casa dificultosamente porque no veía nada, y me parecía escuchar voces a mi alrededor, pero no alcanzaba a distinguir a nadie.

Durante algunos minutos que parecieron siglos, atravesé como pude aquella boca de lobo, tanteando el piso como una ciega, los tacos hundiéndose en el pasto húmedo, y calculando qué me perjudicaría menos, si correr el riesgo de caerme dentro de la pileta, o sacarme los lentes negros.

Finalmente llegué a la casa.

Había gente.

Pero era un "¡SOLAS Y SOLAS!"

¡¡Estaba lleno de mujeres!!

Yo me puse a buscar desesperadamente a Viviana, pero después de un rato alguien me informó que había partido hacía horas, con un señor canoso y con rumbo desconocido.

La sangre se me subió a la cabeza y le eché una maldición sefaradí:

"¡Ay, Viviana!... ¡Ojalá se te caigan todos los dientes, menos uno... y que ése... ¡te duela!"

La anfitriona —canchera en estas lides— vino en mi ayuda ni bien me vio.

—¡Qué bueno que viniste! —me dijo mientras nos dábamos besos en el tul—. ¡Vivi se fue hace un rato muy bien acompañada!

—Sí... Ya me dijeron... ¡Me dio una alegría!

—¡Lástima que llegaste tan tarde! —dijo—. ¡Estuvo buenísimo!

—¡Es que los sábados salgo muy tarde del teatro! —exageré.

—¿Comiste?... ¿Querés comer algo?

—No, te agradezco, ahora no.

—¡No sabés las exquisiteces que hubo!... ¡Para chuparse los dedos!... Ya no queda mucho, pero si tenés hambre te consigo algo para picotear.

Me empecé a poner paranoica.

¿De qué me hablaba esta mujer?... ¿De comida o era una clave?... No dijo "algo para picar", dijo "algo para picotear"... Estoy segura... ¿Y yo qué tengo que contestar?... ¿Tendré que contestar algo?... ¿Habrá una contraseña?... ¿Dónde estoy?... ¿Por qué vine?... ¿Qué hace una chica como yo en un lugar como éste?

Pero ella no pareció registrar mi desconfianza ya que antes de que pudiera abrir la boca, me enchufó una copa de vino en la mano, desapareció de mi vista unos segundos y volvió con dos hombres que acababa de rescatar de entre una turba de solas y solas.

Eran los dos únicos hombres que quedaban en stock.

Otro y... ¡¡Él!!

Él me gustó de entrada.

De entrada... de plato caliente... de postre y de champagne.

Me quité los lentes y de una mirada le saqué una tomografía computada.

Era alto, delgado, rubio, con un zapato negro... y el otro también. De unos 50 años muy bien llevados, ojos verdes, canas en las sienes... ¡y con barba! (Mi debilidad.)

Estaba muy bien vestido, muy tostado y... sonreía encantadoramente.

Además, tenía una combinación irresistible.

Era muy sexy pero con cara de bueno.

Una vez hechas las presentaciones de rigor, él enseguida me explicó que recién habían llegado porque venían de una fiesta y que —en realidad— él había venido sólo para acompañar a su amigo.

Yo le expliqué que yo también había venido sólo para acompañar a mi amiga... ¡que no estaba!... ¡Me quería morir!...

Me dijo que era empresario (y yo pensé: espero que esto no me ponga automáticamente en categoría de modelo).

Pero el hombre tenía otras cualidades.

Era muy educado, no parecía un psicópata, no parecía un histérico, no parecía competitivo, no parecía machista, no parecía... ¡soltero!

Tenía UN defecto.

Era un poquito casado.

Pero... ¿será posible? —pensé—. ¡Tengo tan mala suerte que voy a un Solos y Solas y me engancho a un casado!... ¿Pero no hay nadie que controle estas cosas?... ¡Estamos a la buena de Dios!... Entonces... ¡la prima de Viviana es una delincuente!... ¿No les piden los documentos en la puerta?... ¡Es una invasión!... ¿Qué corno hace un casado en un Solos y Solas?

Él me debe haber leído el pensamiento porque inmediatamente me dijo:

"Si no podés soportar la soledad, nunca te cases."

Y en ese mismo instante, me vinieron a la mente las sabias palabras de la Dra. Diu en su último best seller: *Elogio del casado:*

"El único hombre que está tan desesperado por un romance como una mujer... es el casado."

¡Y tenía razón!

A los pocos minutos de conversación me di cuenta de que él no era el mejor marido del mundo... Ni siquiera era el mejor de la cuadra.

Enseguida me explicó que hacía ya mucho tiempo que no dormía con la esposa, y yo pensé: "¡Qué paradoja!... ¡Todas las esposas duermen con sus maridos, pero casi ningún marido duerme con la esposa!"

Al rato nos despedimos, pero él se encargó de pedirle mi número de teléfono a Chuchi, y a partir de ese momento me empezó a llamar sistemáticamente todos los días a pesar de mi rechazo permanente.

Él me encantaba... pero yo no tenía el más mínimo interés en salir con un casado.

—¡Dale! —me hinchaba Viviana—. ¡Divertite un poco!... ¿Qué te va a pasar si tenés una aventura?... ¡Hacele caso a Woody Allen, vos que sos fanática de él!

—¡Soy fanática de sus películas pero su vida me parece un espanto! —contesté.

—Bueno, en la película *Todos dicen te quiero* hay un número musical en el que los muertos se levantan de los ataúdes y cantan: "¡Divertite, divertite, es más tarde de lo que pensás!"

—Gracias, Viviana, la comparación con los muertos me estimula enormemente. ¡El otro día me veías oxidada pero ahora ya me ves con un pie en la tumba!... ¡La verdad es que me das mucho ánimo!

Pasaron los días y el hombre insistía.

Yo seguí oponiéndome con todas mis fuerzas a que me gustara, pero todas mis fuerzas no fueron suficientes.

Él sabía horadar la piedra.

Así que insistió y, como la carne es fuerte —lo que es débil es la mente— finalmente le dije que sí y acepté una invitación a cenar.

La comunicación fue instantánea.

Él hablaba y yo escuchaba.

Quedó deslumbrado por mi conversación.

Pasaron meses antes de que yo lograra emitir palabra.

Cuando yo era adolescente, no me animaba a hablar delante de los hombres.

Tenía miedo de que me dejaran si decía alguna boludez.

Pero ahora tampoco me animo.

Tengo miedo de que me dejen si digo algo inteligente.

Pero el hombre estaba encantado y me miraba como si yo tuviera la cabeza de Simone de Beauvoir en el cuerpo de Graciela Alfano.

¡¡¡Y yo me sentía como si tuviera la cabeza de Graciela Alfano en el cuerpo de Simone de Beauvoir!!!

No sé ustedes, pero yo —cuando un hombre me gusta— me convierto en una ameba. Pierdo todo el sentido de la autoestima.

Todo me sube, la ansiedad, la adrenalina.

Menos la autoestima. Que me baja.

A medida que me va interesando, él crece y yo me achico.

Me acuerdo de una vez que le pregunté a mi mamá por qué yo tenía tan baja la autoestima y me contestó: "No es baja autoestima, es realismo".

Con el tiempo me fui dando cuenta de que mi autoestima subía cuando bajaba la luz, así que —a la hora de hacer el amor— le advertí que yo sólo me animaba a hacerlo con la luz apagada y, si él se dejaba poner una venda negra en los ojos.

Él se dejaba.

"¿Y ahora? —pensé—. ¿De qué me disfrazo?"

Para empezar, yo ya me había olvidado de cómo se hacía.

Él —para darme ánimo— me quería convencer de que era como la bicicleta.

"¡Aunque te hayas olvidado de todo, una vez que te montás, te vuelve automáticamente la memoria!"

Y yo pensaba: "¡Dios mío! ¿Cómo vamos a hacer?... Porque... cuando se apaga la luz... ¡es más difícil encontrarla!"

Además, yo no me acordaba ni cómo era un orgasmo.

—¡Fingilo! —sentenció Viviana con su calidez habitual.

—¡Ay, no! ¡Qué horror!... ¡Me deprimo sólo de pensarlo!

Con este panorama por delante, fui a la cama como quien va al cadalso.

Estaba obsesionada. No quería que nadie se enterara de que yo estaba ahí.

Y sobre todo, no quería que él se enterara de que yo estaba ahí.

Pero el hombre se manejó en la penumbra como un gato y yo —como diría Woody— nunca me divertí tanto sin reírme.

Y así fue como me puse de novia con un casado.

Parafraseando a Viviana: "Algo para picotear."

¡Qué ingenuidad la mía!... Al poco tiempo ya estábamos embarcados en un romance a toda máquina. Y era él el que llevaba el timón.

Lenta pero inexorablemente él me empezó a pedir que le sacara la venda pero a mí el tema de la luz me conflictuaba mucho, así que le pregunté a una amiga, de mi misma edad, muerta de vergüenza: "Susy... yo... sólo puedo hacer el amor con la luz apagada, porque no me animo a que me vea. ¿Y vos?"

Y ella me contestó: "¡Yo estoy casada hace veinte años!... ¡Nosotros lo hacemos con los ojos cerrados para no ver que somos nosotros!"

Me di cuenta de que necesitaba la opinión de alguna soltera, así que fui a preguntarle lo mismo a mi amiga Rebeca, y ella me contestó: "Mirá, querida, a esta edad, para que un hombre me vea desnuda, tengo que estar en su testamento".

¡Íbamos de mal en peor!

Como si todo esto fuera poco, a mi novio se le ocurre pasar un fin de semana en Colonia.

—¿Pero cómo... y tu mujer? —pregunté azorada.

—¡No, ella no viene! —contestó el anormal.

"¡Ah! ¡Qué lástima! —pensé—. ¡Hubiera sido una joda bárbara!"

—¡Mirá que hace calor! ¡Traé malla! —me dijo el inconsciente, sin sospechar que me estaba clavando un puñal donde más me dolía.

—¿Malla? —me agarró un edema de glotis—. ¡Sí, por supuesto! —contesté con un hilo de voz, mientras iba a vomitar mi glotis al baño... ¿Y ahora?

Me agarró un pequeño ataque de pánico, con hiperventilación y todo.

—Tranquila, tranquila —me decía a mí misma—. ¡Esto es sólo desesperación!

¡Pero yo no puedo estar en malla a la luz del sol! —pensaba—. ¡Yo no puedo exhibir mi celulitis al mundo! ¡Ni a él!... En la intimidad, con las luces bajas, la calentura y si no te das vuelta por nada en el mundo, podés zafar. Pero en la playa... con el sol rajante del mediodía descendiendo en vertical sobre tu osamenta... ¿de qué te disfrazás?

Me fui al baño a mirarme en el espejo y me vinieron a la mente los versos de Neruda: "¡Oh!... ¡Cuerpo de judía!... ¡Altas caderas, muslos blandos!"... Bueno, no estoy muy segura de que fueran así, pero no importa.

¡Me veía gordísima!... ¡Y el maldito espejo no aceptaba coimas!

De repente me acordé de un personaje de la Biblia que no podía mirar para atrás porque se convertía en una estatua de sal.

Yo me estaba por convertir en una estatua de grasa.

—¡No estás gorda —mintió Viviana—, estás en el país equivocado!...

—¿Por qué? —pregunté, como una imbécil.

—¡Porque en la India serías sagrada!

—¡Gracias, amorosa! —sonreí falsamente—. ¡Qué contentos deben estar tus pacientes!

Pero el romance seguía a toda marcha y no me daba demasiado tiempo como para resolver nada, así que hubo que apechugar.

El viaje a Colonia en barco fue muy bueno y me sorprendió la libertad con que él se manejaba. No parecía estar cuidándose de que lo vieran y yo me preguntaba qué clase de matrimonio tendría.

Por algo dijo que estaba "un poquito casado".

Pero mi mayor preocupación pasaba por otro lado.

Porque el fin de semana se presentaba espléndido, ya que hacía un calor inusual para esa época del año. Y yo invoqué a todos los espíritus de la lluvia pero me dieron ocupado.

Ya en Colonia, llegó la hora de ir a la playa.

Me puse una malla negra y arriba una remera larga hasta los tobillos de manga larga, toda de negro. Me faltaba el chador.

La playita que quedaba frente al hotel era encantadora pero no tenía arena, era de piedras. Yo recordé mi infancia en el Uruguay y la familiaridad que tuve de niña con las rocas del río de la Plata. Así que me fui acercando muy resuelta por las piedritas hasta el agua.

Hacía un calor de morirse pero el agua estaba ¡¡he... e... e... lada!! ¡Claro, si era agosto!... ¡Él metió un pie y lo sacó morado!

Yo ya tenía calculado que la única manera de que pudiera sacarme la remera y que él no me viera era metiéndome al agua.

Pero el agua estaba helada, las piedras del fondo estaban filosas, y yo seguía avanzando hacia el río con la remera puesta decidida a suicidarme como Alfonsina. Vestida.

—¡Qué lástima que no traje ojotas! —comenté tiritando.

—¡Yo tengo! —dijo el santo varón.

—¿Dónde?

—¡En el hotel!

—¡Andá a buscarlas!

Ni bien él se dio vuelta camino al hotel, yo me arranqué la remera, la tiré sobre la playa y sin pensarlo un minuto me hundí en el agua.

Helada.

Fui reptando entre las rocas filosas hasta que no hice pie, y nadé nadé nadé para sacarme el frío del agua que me quemaba la piel, mientras maldecía la hora en que nací yo y la hora en que nació Viviana.

Nadé como una hora y media.

Él me saludaba desde la costa con las ojotas en la mano, sin entender por qué no lo había esperado.

A la hora y media de nadar, el frío se me fue. Pero los complejos no.

Ahora tenía terror de que me viera salir del agua, así que esperé a que anocheciera, volví a reptar entre las rocas, y le pedí que me tirara una toalla.

Lo único que le rogaba a Dios era que pudiera atajarla sin que se me cayera al agua. La atajé y me envolví en ella, rezando para que él no se hubiera dado cuenta de nada.

Él no sólo no se dio cuenta, sino que estaba deslumbrado por mi hazaña en el agua fría.

—Éstas son las cosas que me enamoran de vos —me dijo. Y yo pensé: "¡Dios mío!... ¿cómo voy a hacer para mantener este nivel? ¡Esto no va a ser fácil!"

Y no lo fue.

Pero así somos las mujeres.

Si un tipo nos interesa somos capaces de tomar agua del Riachuelo.

Una semana después comentaba con mi amiga Susy los pormenores de mi romance.

—¡Ay!... ¡Qué divina historia —se relamía—, me parece todo tan romántico!

—¿Romántico? —aullé—. ¡Casi me muero! ¡Me agarré un pasmo en el pecho que me duró quince días!

—Sí, pero tener una relación así, tan apasionada... ¡Ojalá me pasara a mí!... Con mi marido fuimos así mucho tiempo pero ya no... ¡me encantaría estar enamorada!

—Bueno, no idealices, yo no estoy enamorada, estoy... entusiasmada.

—Sí —dijo Susy—, ése es el orden en el que se dan las cosas. Primero viene la infatuación, después el enamoramiento... y después el amor.

—¡Y después el divorcio! —agregué—. Pero estoy de acuerdo contigo en que la pasión es fundamental en una relación. Lo único que espero es que no se nos derive para otro lado, porque así estamos bárbaro.

—¿Por qué lo decís?

—Bueno, en primer lugar, porque él es casado y yo no tengo el menor interés en que deje de serlo. Pero el último fin de semana lo pasamos encerrados en casa, charlando, comiendo, haciendo el amor, sin salir a la calle... y si eso no es un matrimonio... el matrimonio, ¿dónde está?

—¡No, querida! —sentenció Susy—. ¡Los matrimonios no cogen!

Claro que todo esto sólo fue el principio de una larga agonía que me esperaba, a la vuelta de la esquina de este romance.

Al poco tiempo a él se le ocurrió que pasáramos quince días en Miami.

—Yo tengo que viajar a Nueva York y me quedaría por lo menos una semana, pero después me daría una vueltita por Miami, y nos podríamos encontrar ahí... ¿Qué te parece? —me dijo.

—¿Miami?... —le contaba a Viviana—. ¡¡No tengo ropa de verano... no tengo cuerpo de verano!!... Además no quiero enfrentar la muerte para ir a lucir mi celulitis por las playas del mundo. La sola idea de tener que tomar un avión ya me pone los pelos de gallina pero encima para ir... ¿a otra playa?

—¡Si no vas te mato! —me dijo Viviana, comprensiva como un oficial de la SS.

Me fui a comprar mallas. La tarea más deprimente del mundo. Meterte en esos cubículos infernales, con una luz descarnada, y unos espejos deformantes, que te dejan la cara verde y el cuerpo mortecino, transpirando para encajarte en una malla de señora mayor, y con las empleadas mintiéndote que estás divina, mientras se ríen a tus espaldas.

Me probé 150 modelos diferentes, y se los iba tirando por la cabeza a la empleada, que me miraba con desesperación.

Finalmente, ya vencida le pedí con un hilito de voz: "¿No tenés una con otro cuerpo?" Me miró con una cara que me dio tanta culpa, que terminé comprando tres mallas israelíes a 300 dólares cada una.

Pero yo no quería ir a la playa con él.

Tenía miedo de que mi romance naufragara en un pozo de mi celulitis.

Si él verdaderamente me quisiera —pensaba— me habría invitado a la nieve. Yo estaría con sweater y tres pares de medias. Aunque a mí lo único que me gusta de esquiar en la nieve es el chocolate con churros. Mi amiga Susy dice que esquiar en la nieve no es un deporte para judíos, es un deporte para gentiles. ¡Pero la playa tampoco es para judías!... De 50. ¿Por qué no inventarán sombreros para celulitis? Que lleguen hasta el suelo, como togas... ¿O por qué no volveremos a la ropa de los '20?... Las bombachas largas y las mangas en la playa... En esa época no existía la celulitis... ¡¡Porque no la veían!!

Pensaba todo esto mientras me miraba al espejo con una lupa, y mis piernas me parecían la superficie lunar.

Y me acordé de un chiste que contaba Barbra Streisand en su show:

Una mujer va a la carnicería a comprar un pollo.

El carnicero le ofrece uno, ella lo toma, y lo empieza a revisar de punta a punta.

Lo mira por atrás por adelante por los costados, mira debajo de las patas y las alas, le saca los menudos para mirarlo adentro y —no contenta con eso— lo da vuelta como una media y lo revisa del revés.

Cuando termina, se lo devuelve al carnicero y le dice: "¡No me gusta!"

Y el carnicero le contesta: "Dígame la verdad, señora... Usted, ¿resistiría un análisis de ese tipo?"

—¡Para peor yo tengo esta mirada maldita! —le contaba a Viviana—. ¡Tengo este ojo de cirujano! Que miro a la gente y la arreglo con mi mirada. Les respingo las narices, les achato las papadas, les estiro los cuellos. ¡Cuando me miro a mí misma me corto en fetas!

—¡Ahora todos tenemos ojo de cirujano, muñeca!... —contestó—. ¿No te diste cuenta? La cirugía ha modelado el ojo de la gente.

Carne de quirófano

Definitivamente, lo mejor sería operarme —pensaba mientras volvía a casa—, no hay nada que hacerle.

El amor a los 50 es el camino más corto a la cirugía.

Todas mis amigas que se enamoraron a esta edad, corrieron de la cama al quirófano. Que una lipo, que un lifting, que unas tetas... ¡algo! que les permita exhibirse con un poco más de seguridad.

Alguna vez pensé en la lipoaspiración, pero una amiga mía se la hizo y quedó como el logotipo de la calle Combate de los Pozos. Y yo, pozos ya tenía.

Además, ¿qué me haría primero?

Yo me tendría que hacer tantas cosas que más que una cirugía lo que necesito es reencarnar. Ser otra.

Aunque tengo tan mala suerte que —si reencarno— seguro que vuelvo a ser yo otra vez.

Pero además, operada podés quedar peor... ¿Y eso quién te lo arregla?

Como le pasó a mi prima Kiky, que va a un cirujano con Parkinson, y cada vez que le mete mano, la pobre queda como un totem de la Isla de Pascua.

¡Le hizo unos pómulos que parecen juanetes!

Conozco varias mujeres que se operaron y quedaron todas iguales a Zulema Yoma.

O te puede pasar como a Verónica Castro, que se puso tanta boca que le tuvieron que agregar cara. Y ahora le quedó tanta cara que parece que le van a agregar cuerpo. Hoy en día hacen cualquier cosa con la cirugía.

Bueno, cualquier cosa no.

Dicen que Mariana Nannis se quiso hacer un transplante de cerebro.

Pero el organismo se lo rechazó.

Mi vecina Ana María se hizo tanta cosa que ahora tiene una crisis de identidad.

Ni una convención de analistas puede convencerla de que sigue siendo ella.

Pero la verdad es que parece el catálogo del cirujano plástico, se hizo todo el menú.

Lifting, pómulos, nariz, boca, párpados, cuello, tetas, culo.

Por suerte está de novia con un divino, él siempre dice: "Yo sé que cuando voy a la cama con vos en realidad me fifo al 50%".

Pero además es incomodísimo, la pobre se tiene que mover con cuidado, porque tiene miedo de que se le descosa la cara.

Y quedó con esa expresión única, para toda la vida.

No sé... le quedó una expresión de... ¡de recién operada!

Tiene como una especie de máscara de hierro en el lugar de la cara, que ya nunca más va a poder ser atravesada por ningún tipo de expresión.

¡Ésa sí que detuvo el tiempo!... ¡Dios no pudo contra esa cara!

¡Ni con un garfio se la van a poder arrancar!

¡Dice que duerme despierta!... ¡No se le cierran más los ojos!... ¡Ay no, qué miedo! ¡Morirme con los ojos abiertos y que nadie me los pueda cerrar!

Bueno, me contó otra vecina que Ana María tiene hecho un trato con el cirujano.

Él ya no le cobra por operación.

Tiene un abono mensual.

Un vez se opera de lo que quiere él y otra vez se opera de lo que quiere ella.

Así ella ahorra y él practica.

Llegué a mi casa con todas estas cosas en la cabeza y con las mallas en el bolso, pero no me animé a mirarme más por ese día.

¡Dios... qué agotamiento verse tanto en el espejo!

Prendí la tele con la esperanza de relajarme un poco y no pensar en nada por un ratito y... ¿qué me encuentro?

¡Adivinaron!... ¡El Canal de la Mujer Insatisfecha!

Otra vez la periodista cubana con estadísticas sobre... ¿cirugía?

Puse a grabar.

Buenas noches, yo soy Conchita Contento, y éste es el CMI, el Canal de la Mujer... Insatisfecha.

El famoso cirujano brasileño Piro Vitanguy, en su último libro *Carne de quirófano*, nos revela sabrosas anécdotas, a la vez que nos alerta acerca de los avances y retrocesos de la cirugía en su país y en el mundo.

Las mujeres, como es obvio, son las que llevan la delantera... operada, ya que un 90% de las brasileñas tiene implantes de siliconas en las mamas, aunque no siempre con los resultados deseados.

Cuenta Vitanguy que sólo en un 2% de los casos hubo problemas y éstos se deben a que hay que tener un especial cuidado con la calidad de las prótesis, ya que algunas se pueden convertir en una bomba de tiempo.

Literalmente.

Por ejemplo, la de una paciente a la que se le reventó un implante durante un viaje en avión, y tuvieron que venir del escuadrón de explosivos a desmantelarle la otra teta.

A otra paciente se le subieron las prótesis a la garganta en la montaña rusa, y hubo que operarla urgente... de paperas.

—¡Las siliconas en las nalgas me quedaron como el culo! —se quejaba una conocida vedette—. ¡Porque son frías en invierno y calientes en verano!

Extraordinario... ¿no es cierto? Pero esto no termina ahí...

Hay un 40% de brasileñas con siliconas en las nalgas; un 65% en la boca; un 14% en los pómulos, y un arriesgado 2%... ¡en la vulva!

Sí, amigas, como lo oyen... el último alarido de la moda en cirugía —y vaya si deben gritar cuando se lo hacen— son las siliconas en los labios mayores y en la pared interna de la vagina...

¡Agujas en los suburbios!... ¡De sólo pensarlo me castañetean los dientes!...

Pero... ya lo dice el refrán: "Un hilo de cirugía tira más que una yunta de bueyes".

Parece que un hombre apareció en la consulta con un gran complejo por su enorme pene.

La desproporción de su instrumento lo angustiaba mucho, y había convertido su vida en una incomodidad.

Vitanguy se comprometió a achicárselo, pero el día de la operación, con el paciente anestesiado y a punto de operar, la instrumentadora se acercó al cirujano y le suplicó al oído:

"Doctor, ¿y si le alargáramos las piernas?"

Y, por último... Un pobre hombre se hizo un injerto de pene... y su mano... ¡se lo rechazó!

Desde Cabo Frío, Conchita Contento, para el CMI... El Canal de la Mujer... Insatisfecha.

Apagué el televisor y me quedé pensando... ¡Dios mío! ¡La cirugía se ha apoderado de nosotros!

¡Estamos donando nuestros cuerpos en vida!

En eso suena el timbre y era Ana María que me venía a mostrar cómo le había quedado la operación que se había hecho en los brazos.

Tenía una cicatriz desde la axila hasta el codo.

Por la parte de afuera se veía bien, pero parecía una escenografía, porque ni bien movía el brazo aparecía la cicatriz.

—¿Y en la playa cómo hacés? —pregunté.

—¡Yo no voy a la playa desde los catorce! —contestó.

La despedí y me encerré en mi cuarto con mis obsesiones.

—¡Dios mío, la playa, qué castigo! —pensé—. Y lo peor es que a mí me gusta la playa, pero desde hace un tiempo tengo miedo de no gustarle a ella. Pero además... ¡Para ir a Miami hay que tomar un avión!... ¡Y yo les tengo pánico a los aviones!... Y ni siquiera puedo ir con él, tengo que viajar sola... ¡Qué pelotazo!

Y así, con la cabeza llena de pensamientos positivos, pasé los días que quedaban antes de tomar el avión para ir a Miami.

*El tren es la única manera humana
de viajar. Porque en el avión primero llegas tú,
y tu alma llega dos días después.*

GABRIEL GARCÍA MÁRQUEZ

Mi terror al avión es algo tan ancestral que ya prácticamente me ha arruinado toda posibilidad de viajar.

Cada vez que me tengo que subir a uno de esos aparatos infernales, amén de hacer testamento y de despedirme de los míos como si fuera la última vez, no puedo evitar mirar a cada uno de los pasajeros como si ya fuéramos primera plana de los periódicos bajo el título: "Catástrofe aérea".

Ni bien encuentro mi asiento, observo detenidamente la cara de cada uno y me pregunto por qué me tocará morir en compañía de gente que ni siquiera me ha sido presentada.

Cuando el comandante nos da la bienvenida, y el resto de los pasajeros escucha el anuncio de la partida: "Señores pasajeros, ajusten sus cinturones por favor...", yo escucho claramente: "¡Apunten... preparen... fuego!"

Como siempre viajo por la misma aerolínea ya me conoce casi toda la tripulación.

Algunos se ríen de mí, otros se persignan y hasta hubo un par que pidieron la baja delante de mis narices.

Eso fue después del último viaje que hice a Brasil, hace muchos años. ¡Dios mío! ... ¡Nunca pasé tanto miedo en mi vida!

Me acuerdo de que el piloto se metía en los cúmulus nimbus como si se zambullera en una cama de agua, y el avión se movía como un sonajero de mal carácter.

191

Yo iba atada a mi asiento como a la silla eléctrica, con el salvavidas puesto, pálida pero transpirada y apretando con los pies frenos invisibles.

En el respaldo del asiento de adelante había pegado estampitas de todos los santos de todas las religiones existentes y de algunas que acababa de inventar.

La azafata —como era de esperar— me hacía las preguntas de rigor:

—¿Está muy asustada?

—¡No, hasta las medias, no más!

—¡No me va a decir que tiene miedo de volar!

—¡No, tengo miedo de caerme, boluda!

La turbulencia es ese momento en que no existe ningún razonamiento humano que pueda convencerme de que ese avión no se está por partir en mil pedazos.

De cualquier manera —y frente a la imposibilidad de poder hacer cualquier otra cosa—, intento escucharlos una y otra vez.

—¡Señorita... por favor...! —le ruego—. ¿Podría sentarse al lado mío y decirme que esto no está sucediendo?

—¡Por supuesto! —respondió mientras se sentaba y me empezaba a recitar el cassette que les programan cuando se reciben de azafatas:

—El avión está preparado para todo tipo de contingencias y está especialmente diseñado para sobrellevar las turbulencias. Es el medio más seguro para viajar. Las estadísticas demuestran que son muchos más los accidentes de autos que los de avión... —bla, bla, bla.

—¡Pare, pare!... —le tuve que pedir—. Ese discurso no sólo no me sirvió para perderle el miedo al avión sino que ahora también le tengo miedo al auto!

—¡Pero quédese tranquila que todo está bajo control!

—¡No me mienta!... ¡Hay algo que está descontrolándose!

—¿Qué?

—¡Yo!... —gritando como una loca—: ¡Socorro!... ¡Paren el avión que me quiero bajar!

—¡Señora... por favor, cálmese! ... ¿Le gustaría fumar un cigarrillo?

—¿Por qué me ofrece un cigarrillo?... ¿Me concede el último deseo?... ¿Entonces vamos a morir?... ¡Socorro!

—¡Señora, contrólese!... ¡Nadie va a morir ahora!... Es sólo una pequeña turbulencia que va a pasar en unos pocos minutos. Le ofrecí un cigarrillo para que se distraiga mientras pasa.

—Bueno, lo acepto con una condición.

—¿Cuál?

—¡Que me lo dejen fumar afuera!... —aullé mientras me desabrochaba el cinturón y empezaba a correr por el pasillo en busca de la puerta de emergencia.

Me agarraron entre tres y me volvieron a mi asiento. Pero no me podían hacer callar.

—¡Señora, por favor!... —me decía la estúpida—. ¡No grite así!... ¡No sólo está aterrorizando al resto de los pasajeros sino que está asustando a la gente de otros aviones!

Una me abrochaba el cinturón mientras otra me abría la boca, y una tercera trataba de hacerme tragar un sedante.

—¡No puedo tomar sedantes! —chillé—. Porque si tomo uno demasiado liviano me hace el mismo efecto que una aspirina, pero si tomo uno demasiado fuerte, tengo miedo de quedarme dormida cuando haya que hacer un aterrizaje de emergencia, y que se salven todos menos yo. ¿Y qué pasa si se despresuriza la cabina y hay que ponerse la máscara de oxígeno?... Si estoy dormida mientras el avión se cae... ¿quién me la va a poner?... ¿Ustedes?... ¡Ja!... Además... si yo me duermo... ¿qué voluntad va a mantener este mastodonte en el aire?... ¿Y si nos caemos al agua?... ¡Yo no sé nadar!

—¡No deberían permitir pasajeros que no sepan nadar! —dijo la tonta.

—¡Lo que no deberían permitir es pasajeros que no sepan volar! —grité.

A todo esto la turbulencia ya había pasado, el avión llegó a destino perfectamente y yo juré que era la última vez que me iba a subir a uno.

Pero... la vida se encarga de proponernos nuevos desafíos y de ponernos nuevas turbulencias en el camino. Y una se encarga de tomarlas o dejarlas.

Yo las tomé.

Así que me volví a montar en una de estas máquinas infernales, rumbo a Miami, pensando: "¡Que sea lo que Dios quiera!"

Por suerte esta vez me tocó una azafata conocida que me lo hizo todo mucho más fácil. Ni bien me vio colocar las primeras estampitas, se me acercó y me dijo:

—¿Qué se va a servir?... ¿Coca-Cola o pentotal?

MIAMI VICE

El vuelo fue sorprendentemente bueno, pero yo me tomé tres Rohypnol seguidos e igual no pude pegar un ojo.

Llegué al aeropuerto a las seis de la mañana con la ropa toda arrugada y la cara color verde pálido.

Él me esperaba con un tostado caribe debajo de una remera turquesa de Lacoste.

La verdad es que no parecíamos de la misma orquesta.

Me dejó en mi hotel —aclaro que fuimos a hoteles separados porque yo no estaba dispuesta a la idea de convivir— y me fui a descansar.

Más tarde nos encontraríamos en la playa que quedaba enfrente. Decidimos que sería mejor que no me pasara a buscar, así yo podría dormir hasta la hora que quisiera.

Dormí hasta las tres de la tarde.

Cuando me desperté me asomé al balcón que tenía una vista maravillosa... ¡Pero hacía un calor!... Me envolvió como un vaho, un aire espeso que se hubiera podido cortar con un cuchillo. Y ahí me di cuenta de que estaba en Miami.

¡Miami!... ¡Sol, playa, palmeras y celulitis!

¡Otra vez a exhibirse en malla!

Para peor con ese calor íbamos a tener que estar todo el día en la playa.

¡Por lo menos acá el agua estaría caliente! Me podría suicidar sin engriparme.

Desde el balcón de mi hotel la playa se veía infinita y tranquila, uno de esos lugares donde una juraría que no existía la menopausia, ni las várices, ni jamás se le despegó a nadie una corona. Como si al stock de cremas anticelulitis las tiraran al mar junto con los divanes freudianos que pasaban flotando... ¡Hasta que llegué yo!

Pero bueno, había que enfrentar el día como se pudiera y yo me acordé de que el mejor amigo del hombre es el perro, y el de la mujer: ¡el pareo!

Pero cuando me miré al espejo... ¡estaba tan blanca!

Eché mano a mi bronceado instantáneo, me unté como un peceto a la mostaza, y sin pensarlo más me largué a los brazos del vaho.

Empecé a caminar por la playa... donde me esperaba... ¡Él!

¡Ah!... La playa... ¡qué paraíso!... Arenas blanquísimas... mar color turquesa... gaviotas sociables... mujeres bellísimas... culos esculpidos en piedra... caderas angostas... senos turgentes... ¡la puta madre!

A medida que avanzaba sobre la playa, me sentía más pesada y parecía que la arena se había vuelto movediza.

El calor me aplastaba y la inseguridad me movía el piso.

Pero no me detuve.

Enfundada en una de mis mallas israelíes, marché sobre la arena con el espíritu de un soldado.

Desertor.

Entregada, pensando: Bueno, si se tiene que terminar, que se termine ahora, así me puedo vestir y volverme para mi casa.

Él me esperaba encantado de la vida con una sombrilla y dos reposeras.

Por suerte él siempre estaba viendo otro canal.

Hacía un par de horas que se estaba achicharrando al sol pero el calor no parecía afectarlo, mientras que yo recién llegaba y ya me faltaba el aire.

Con mucha dignidad que no sentía, me acerqué una reposera y estuve 40 minutos acomodándome para conseguir mi mejor ángulo.

Me costó estacionar, pero me acomodé bastante bien. Eso sí, no me podía mover. Quedé como con tortícolis.

Pero... ¡qué extenuante es gustar!

Acababa de llegar y ya estaba acalambrada, agitada, el biorritmo como un buscapié en año nuevo... ¡y de levantarme ni hablar!

Seguiría pasando así... anclada en Miami, pensé,

mientras la transpiración se iba llevando el bronceado puesto como a lengüetazos, y ya no había manera de evitar ir al agua. Pero... ¿cómo hacía para ir al agua?

¿Me tenía que sacar el pareo?

¡NO!... ¡Mil veces no!

—¿Por qué habré venido?... —me empecé a cuestionar—. ¡Seducir a un hombre es divino pero a esta edad es un trabajo forzado!... ¡Yo no quiero vivir así!

Pero... él empezó a hablar y yo me di cuenta de que todas mis angustias eran infundadas. No tenía sentido tratar de esconderme de él.

El hombre veía, pero me miraba el alma.

Me empezó a decir cómo apreciaba el hecho de que no me hubiera hecho cirugías, y cuánto admiraba el orgullo con que yo llevaba mi edad.

Habló durante un rato largo y sus palabras sonaban como música en mis oídos.

¿A qué mujer no la pierden los elogios?... ¿Aunque fueran un delirio, como en este caso?... Decía palabras como "dignidad", "coherencia", "integridad", etc... y yo pensaba: Este hombre me está idealizando un poco.

¡Eso me tranquilizó!...

Si él estaba lo suficientemente enfermo como para verme orgullosa en momentos en que yo me sentía reptando por la vida, era porque... ¡¡me amaba!!

Le saqué un rollo entero de fotos para convencerme de que existía.

¡Porque él era un divino, un dulce, un amoroso!... Pero...

Una duda nueva me empezó a carcomer por dentro...

¿Se podría confiar en su criterio?

Ahora... no hay nada que hacerle... Un hombre de tu edad es muy distinto.

¡Teníamos tantas cosas en común!...

¡Las mismas dioptrías, el mismo nivel de colesterol, el mismo terror a la vejez y a la muerte, el mismo problema digestivo!

Pero además... ¡Qué hombre prevenido!

¡Mientras estuve con él nunca me faltó una buscapina!

No llevaba cartera, pero cargaba a todas partes un bolsito lleno de medicamentos que tomaba sistemáticamente, amén de vitaminas de todo el abecedario.

Tomaba germen de trigo, brotes de alfalfa, esencia de tiburón, propóleo, zinc, hierro, magnesio, titanio y cobre... ¡Con razón estaba hecho un fierro!

Estaba obsesionado por la salud.

Pero él decía que no era hipocondríaco. Que era alarmista.

Que no llegaba a inventarse enfermedades que no tenía pero si le salía un granito pensaba que era un cáncer.

Aunque estaba perfecto físicamente. Tenía un cuerpo bastante atlético y una energía desbordante. Yo le puse Twister, porque era tan arrollador como un tornado y a veces se me hacía difícil seguirle el tren.

Pero lo más extraordinario de toda la experiencia es la indescriptible sensación de compartir la intimidad con un hombre realmente maduro.

No se parecía en nada a lo anterior.

Sobre todo por la excitación que significaba verlo levantarse de golpe y ponerse a zapatear un malambo en un desesperado esfuerzo por recuperar la circulación.

O poder observarlo durante horas agarrándose un pie

y empujándolo para todos lados para hacerlo volver de un calambre.

Son experiencias únicas, muy difíciles de olvidar.

¡Y en el sexo! ¡Ah! ¡el sexo!... ¡Ahí, él era un kamasutra en vivo y en directo, un parche maravilloso, un tratamiento de belleza completo!

Hacer el amor es el ejercicio que más me gusta. Por muchas cosas que no voy a describir aquí pero sobre todo... ¡Por la cantidad de calorías que quema! ¡No sólo es placentero sino que tiene beneficios suplementarios!

Además... ¡una no come cuando hace el amor!... ¡O sea que por el mismo precio es la mejor dieta!... ¡Porque no sólo te adelgaza por el movimiento, sino que te mantiene la boca ocupada!

Estoy convencida de que si las mujeres hiciéramos el amor dos veces por día, no necesitaríamos ningún otro ejercicio para mantenernos en forma.

Estaríamos hechas unas sílfides.

A no ser que te toque algún eyaculador precoz.

En cuyo caso habría que aumentar la dosis a unas siete veces por día.

Y ya se complicaría.

Bueno, olvídenlo.

El asunto es que a mí la estadía en Miami me resultó tan benéfica como si hubiera ido a la clínica de la doctora Aslan. Volví del viaje con diez años menos.

Como si me hubieran hecho un lifting interno.

Pensar que había llegado verde y ahora tenía un color resplandeciente. Estaba con otra luz.

¡De tanto verle la cara a Dios una queda como iluminada!...

Él no, pobre. Él estaba como más marchito.

¿Ven? Ahí la naturaleza estuvo un poco más decente.

Cuando hacemos mucho el amor, las mujeres florecemos.

En cambio ellos se marchitan un poco.

● ● ●

Entre el éxtasis y la fobia

Pero lamentablemente el estado idílico del principio fue difícil de mantener, y no pasó mucho tiempo antes de que empezaran las dificultades.

Evidentemente —a medida que entrábamos en confianza— él también se pudo aflojar y empezó a mostrar algunos aspectos menos atractivos.

Y yo empecé a oscilar entre el éxtasis y la fobia.

Había cosas de él que me intranquilizaban.

Por ejemplo, que era cariñoso pero un poco controlador.

Bueno, muy controlador.

En realidad, él era como una termita, del tipo: "No respires si yo no estoy".

Me llamaba unas 25 veces por día, y me preguntaba: "¿Qué estás haciendo?"

—¡Caca! —tenía ganas de decirle a veces, pero nunca me animaba.

Si estaba conmigo y yo no hablaba me preguntaba qué estaba pensando.

¡La única vez que dormimos juntos me despertó para preguntarme qué estaba soñando!

Cuando íbamos a comer, me vigilaba y sufría como mi abuelita si yo dejaba algo en el plato. ¡Era más absorbente que la Mallasec!

Yo ya había tenido uno así. Me quería proteger de todo.

De los peligros, de mis miedos, de equivocarme, de los otros, de mis amigos, de los suyos... ¡Y lo consiguió!

Logró que realmente no me pasara Nada.

Y éste venía por el mismo camino.

Una vez se pasó una hora hablando sobre mi peinado... ¡una hora!

Por un lado es divino un concentrado de atención sobre tu persona después de tanto tiempo de estar sola.

Pero a esta altura de la vida... ¿encontrar a alguien que te reforme?

¡Yo no lo quería reformar a él que era casado!

¡Él no sabía qué hacer con su vida y trataba de reformar la mía!

Que si el flequillo sí o no, que más corto o más largo, que si lo tiro un poco para atrás, que si me despejo la cara... ¿Quién le preguntó?... ¡Me hacía acordar a mi mamá!

¿Será posible?... ¿Por qué extraño designio del destino será que sólo tengo química con hombres que terminan pareciéndose a mi mamá?...

Y... que alguien te vea el alma es divino, pero... ¿que te la escruten?... ¿Que te vigilen el alma?... ¡Es de un nivel de exposición insoportable!... ¡¡Peor que estar desnuda!!

Pero además... ¡Yo no puedo estar las 24 horas del día delante de alguien a quien estoy tratando de gustarle! ¡Es de un estrés espantoso!

No puedo pasarme todo el día seduciendo. Necesito un rato para deprimirme.

O por lo menos para navegar en mi propia neurosis —que ya le conozco el ritmo— sin tener que ocuparme de navegar en la neurosis de otro.

¡Tampoco respetaba mi trabajo!... Me llamaba en cualquier momento y —aunque yo estuviera escribiendo— se largaba a hablar durante un rato largo de cualquier cosa sin siquiera preguntarme si estaba ocupada.

Entré en una vorágine de contradicciones.

El hecho de que él fuera tan absorbente me empezó a poner cada vez más fóbica.

Él decía que porque era cariñoso, pero en realidad era porque no soportaba estar solo con su esposa.

Aunque cariñoso era.

Su relación con el dinero, por ejemplo, era amorosa.

Él lo amaba.

No le gustaba separarse de él.

El único gasto que hacía con gusto era el de la conversación.

Aunque tampoco sabía conversar.

Él daba cátedra.

Cada vez que hablaba —o sea siempre— daba cátedra sobre algo: política, economía, fútbol, ikebana... lo que fuera.

Yo me había dado cuenta hacía tiempo de que él nunca me escuchaba, pero no lo tomé como algo personal.

Él no escuchaba a nadie.

Y yo pensaba: Menos mal que va al analista porque por lo menos alguien le hablará de sus dificultades.

Pero un día me confesó que su analista no le hablaba.

—¿No te habla? —me exalté—. ¿No te interpreta?... ¿No te dice nada?

—Bueno, sí, me dice: "Nos vemos la otra semana".

—¿Y no te dice nada más durante los 50 minutos?

—Tampoco son 50 minutos —me aclaró—, porque a veces yo digo algo a los 15 minutos que a él le parece importante y me hace dejar la sesión ahí. Es el sistema lacaniano, cuando a él le parece que dije algo en lo que tengo que pensar, me interrumpe y me manda para mi casa.

—¡Qué buena manera de ganarse la vida! —comenté—. ¡Haceme acordar que en mi próxima encarnación quiero ser lacaniana!

Así me enteré de que su analista no le hablaba.

Él dice que porque era lacaniano, pero yo creo que era porque no le dejaba meter un bocadillo.

Pero él estaba chocho con su analista.

Me contó que era un terapeuta tan bueno que tuvo que esperar a que un paciente se le suicidara, para poder conseguir su horario.

Todas estas cosas me empezaron a molestar sobremanera, pero él era un hipersensible, y tenía taquicardias ansiógenas cada vez que yo intentaba señalarle algo que no me gustaba.

Y yo pensaba... ¡Cuánta charlatanería acerca de las mujeres y la nueva libertad!

Los hombres no soportan que una mujer les señale sus defectos.

En ese sentido comprendo perfectamente por qué tantos prefieren a las mujeres muy jóvenes —además de por los culos de piedra— y es porque a una mujer mayor no la pueden versear tan fácilmente.

El romance empezó a hacer agua por todos lados.

Veníamos capeando bien varias tormentas pero ahora el timonel estaba perdiendo el rumbo. Aunque debo reconocer que a la botavara siempre la mantuvo enhiesta.

¡Porque en el sexo! ¡Ah!... ¡En el sexo! ¡Ahí él era puro placer, placer, kundalini, nirvana!

¡Y eso lo compensaba todo!...

¿Todo?... ¿Qué estoy diciendo?... Pero al final... ¿Qué soy yo?... ¿Una esclava de mis hormonas suplementarias?... ¿Qué tengo que esperar?... ¿A que mis ovarios se mueran para recuperar mi auténtica personalidad?

—¡Sí! —contestó Viviana—. ¡Pero quedate tranquila que tampoco falta tanto tiempo!

—¡Gracias, Viviana, tus palabras, como siempre, son un bálsamo para mí!

Entré en una contradicción permanente.

Seguí remando un tiempo en un alarde de buena voluntad, pero el romance iba claramente viento en proa.

Todavía no nos habíamos ido a pique, pero era evidente que la embarcación había entrado en mares turbulentos.

Sentí que empezábamos a naufragar.

Aunque... la botavara... ¡impávida!

MILLAS

La vorágine de dudas y contradicciones me pusieron muy incómoda en la relación, aunque él no parecía registrarlo porque al poco tiempo se le ocurre invitarme para que hiciéramos otro viaje.

—¡Mierda!... ¡Cómo viaja este hombre!... —pensé—. Pero... ¿cuándo trabaja?

—¿Otro viaje?... —pregunté—. ¡Pero si recién llegamos!... ¿Y adónde iríamos ahora?

—¡A Singapur! —me dijo, como si fuera lo más natural de mundo.

—¡Ah! Singapur... ¡Qué lindo! —mentí.

Él me dijo que esta vez me quería invitar con el pasaje pero tenía que ser con una condición: ¡Viajaríamos en aviones separados!

—¡Por la mujer! —pensé yo.

—¡No! ¡Por las millas!

Entonces me explicó que —a medida que viajás— se te van acumulando millas que luego se convierten en más pasajes que te canjean por las millas, pero para eso vos tenés que seguir comprando pasajes, así vas logrando una especie de banco de millas con las que podés pagar casi todo en la vida, pero tenés que vivir viajando.

Él tenía un pasaje gratis por American —que me daría a mí, porque ya se le estaba por vencer—, pero a él le convenía pagar su pasaje por United, para no perder su condición de premier, que parece que es un lugar especial en el avión.

Yo no le entendí muy bien, pero creo que —a medida que vas acumulando millas— no sólo te regalan pasajes, sino que te van adelantando tu asiento en el avión, cada vez más cerca del comandante.

Me imagino que debe ser como en las sinagogas, que

los asientos de adelante salen más caros, porque son los que están más cerca de Dios.

Parece que cuando ya acumulaste una cierta cantidad de millas, te sientan en el lugar del comandante y creo que —al final— te regalan el avión.

Sólo a aquellos que llegan a acumular muchos millones de millas les regalan pasajes para los aviones que no se caen.

Me contó de los extravagantes trípticos que se había armado con el millaje que le sobraba, por ejemplo Río-Singapur-Ottawa, y confesó que una vez había volado 78 horas seguidas, para no desperdiciar una milla.

Viajaba siete veces al año, pero no iba a los lugares que le interesaban.

Iba a Siberia, a Finlandia, porque acumulaba tantas millas que tenía que gastarlas en viajes largos, y —cuanto más viajaba— más tenía que viajar, porque las millas que no usaba se le vencían, así que un día se despertaba en Sudáfrica y al otro día se dormía en Turquía.

A veces lo vencía el sueño, pero las millas no se le vencían.

Dice que en los aeropuertos la gente le preguntaba:

"Usted... ¿por qué viaja?... ¿Por turismo o por negocios?"

—¡Por millas! —le contestaba él.

Aunque yo creo que a los que viajan por millas se los debe reconocer enseguida en los aeropuertos. Porque estarán agotados.

Se pasan la vida en los aviones, pero nunca viajan a donde quieren, y tampoco pueden ir al hotel que quieren, ni alquilar el auto que quieren, ni ir al restorán que quieren.

Acumulan millas cuando hablan por teléfono, cuando comen y cuando van al baño, pero tienen que ir al baño que ellos le dicen.

Los dirigen como a un robot desde que salen de su casa.

Como si esto fuera poco, tienen que aprovechar los viajes para sacar increíbles cálculos matemáticos que les hagan triplicar sus millas, conseguir las superbonificaciones, y combinar las fechas restringidas.

Es un trabajo espantoso.

De repente tuve como un insight y lo comprendí todo.

Este hombre más que un turista era un soldado.

¡Un boy scout de la milla!

Había empezado a viajar como un símbolo de libertad, pero ahora se había convertido en un acto de obediencia. El pobre era un rehén.

¡Con razón decía que era un "poquito casado"!... ¡La mujer no le vería ni el pelo! ¡Si nunca estaba!

Pasaba muy poco tiempo en Buenos Aires, pero el rato que estaba se deprimía porque sentía que estaba perdiendo millas.

En el único momento en que no sentía que estaba perdiendo millas era en el sexo. ¡Pero, claro! ¡Si el hombre tenía un millaje sexual acorde con el aéreo!... ¿Pero entonces?... ¡De golpe me di cuenta, con estupor, de que sus increíbles hazañas sexuales no eran fruto del amor, sino de su carrera por las millas!

La realidad me golpeó como una turbulencia en pleno vuelo.

Su vida se medía en millas.

Él había hecho una carrera en millaje —qué digo una carrera... ¡un master!... Qué digo un master: ¡una religión!

En ese instante recordé que alguna vez me había manifestado que 200 dólares no eran para él una cifra cualquiera. ¡Eran un cuarto de pasaje a Miami!

De golpe todo parecía tan claro.

¡Cómo no me había dado cuenta antes!

La milla era su medida del mundo.

Él no viajaba. Millaba.

Estaba yo en el medio de estas disquisiciones cuando —causalmente— me encuentro por la calle con uno de sus amigos y los datos que me dio me lo terminaron de confirmar.

Su amigo me contó que él —años atrás— llegó a acumular tantas millas, que consiguió 28 pasajes gratis a

Honolulu, pero justo se fundió Pan American y el pobre se tuvo que meter los pasajes a Honolulu en el culu.

Fue el golpe más grande que recibió en su vida.

Fundó un grupo de autoayuda, junto con otros adictos al millaje que habían sido damnificados, y se reunió con ellos todas las tardes durante años frente a las oficinas clausuradas de Pan American —cual moderno Muro de los Lamentos— a llorar por las millas perdidas.

Este descubrimiento me impactó profundamente.

Era lo único que me faltaba saber.

Sentí vértigo del futuro.

No había nada que me resultara menos atractivo en la vida que enfrentarme con la muerte durante horas y horas de avión para ir a lugares que no me interesaba conocer con un hombre casado que estaba del tomate porque viajaba sólo para aprovechar las millas que se le estaban por vencer, y tomaba la mitad del prozac para ahorrar.

Le pedí que pospusiéramos el viaje por el momento.

Que yo necesitaba un tiempo para pensarlo.

No mucho... Un par de años.

Pero antes de que pasara una semana se me aparece con otra bomba.

Estábamos en una confitería. Yo tomaba un té y él una cerveza.

—Me separo —me dijo. Y me empezó a contar la historia de su vida.

Yo no se lo quise decir, pero hubiera preferido que su vida fuera un enigma.

Me contó que era un hombre que se había hecho solo.

Tampoco se lo quise decir, pero pensé que hubiera sido mucho más inteligente de su parte si hubiera pedido un poco de ayuda.

Mientras él me explicaba los motivos de su separación —que no llegué a escuchar porque se me taparon automáticamente los oídos— yo empecé a comer maníes.

Al principio de a uno o de a dos, pero a medida que él hablaba, yo me ponía más y más maníes en la boca hasta que empecé a comerlos a dos manos, desenfrenadamente. Terminé sorbiendo los últimos directamente del plato.

—¿Qué te pasa? —preguntó—. ¿Te pusiste ansiosa?

—¡No —contesté—, es sólo un pequeño ataque de pánico!

Llegué a mi casa con los nervios hechos un fleco. Parecía que los huesos se me habían licuado. Marqué —con el último aliento— el número de Viviana.

—¡Hola! —me atendió.

—¡Se separa! —le dije.

—¡Huy!... ¡Cagaste! —respondió la psicóloga. Y me cortó.

Me quedé hablando sola.

¿Y ahora, de qué me disfrazo? ... Si estando casado me llama 25 veces por día, el día que esté suelto... ¿qué va a ser mí?... Si ahora él no me falta —más bien me sobra— ¿para qué agregar?... Además, yo no quiero convivir con él... ¡Y tampoco tengo alma de hormiguita viajera!... ¡Y necesito tiempo para trabajar!... Y... ¡yo quería algo para picotear!... Tener un romance es divino pero en este momento y con este hombre es como agarrarse una hepatitis... ¡No podés hacer ninguna otra cosa!...

La paranoia se apoderó de mí. Todo parecía una gran equivocación.

Decidí cortar ese mismo día.

No tenía sentido demorarlo más.

Como en un sueño, escuché en mi interior una voz que me decía: "Esto exige cirugía mayor. Es mejor cortar por lo sano, que dejar que las cosas avancen demasiado y no haya retorno."

Lo cité en un bar, le hablé de mi decisión irrevocable y le dije adiós.

El pobre quedó tan cortado que pasó un mozo y casi lo sube a la bandeja.

¿Se imaginan un mundo sin hombres?
¡No más guerras y millones de gordas felices!

MARION SMITH

Definitivamente, yo necesitaba algo más sencillo.

Que no me diera tanto trabajo, que fuera más relajado, más libre, que no me obligara a seducir todo el tiempo, que no me llevara tanta energía, que se pudiera combinar con el resto de mi vida... algo como... ¡estar sola!

Llegué a mi casa... ¡Ah, qué alivio!

Mi habitación tiene el tamaño perfecto para mí y mi ego. No necesitaba más.

Me puse una bombacha vieja y me senté en la cama a mirar la tele con una bandeja llena de carbohidratos.

Los fui comiendo sin solución de continuidad, mientras me decía a mí misma:

¡Esto es lo más divino que me haya puesto en la boca! He probado el sexo y he probado la comida. Prefiero comer. Me van a tener que operar para separarme de esta bandeja. Me voy a quedar aquí sentada comiendo hasta el fin de mis días, y la bandeja se va a petrificar en mi cintura cósmica del sur. Voy a morir aferrada a la bandeja. Me van a tener que enterrar en un cajón más grande y la gente va a preguntar: ¿Era muy gorda?... Y le van a decir: ¡Sí, pero no es por eso!... Tuvimos que hacerle un cajón a medida de la bandeja. Y tal vez, en un futuro lejano algún pintor me inmortalice en un cuadro que se llamará: *Gorda con bandeja.*

Me sentía agotada... porque... ¡cuánta energía gasta

una mujer para seducir a un hombre y para reunir una cintura!

—¡Basta para mí! —decidí—. ¡Renuncio a ambas cosas!...

Me dormí con una pata de pollo en una mano, y un frasco de dulce de leche en la otra.

Me desperté con las sábanas pegoteadas y una depresión espantosa.

Justo en ese momento me llamó Ludovica.

—¿Cómo andás?

—¡Mal, gracias!

—¿Por qué?... ¿Qué pasó ahora? —preguntó.

A mí me pasaba de todo pero no sabía por dónde empezar a explicarle.

—¡Nada! —le dije—. ¡Que quiero un hombre que sea protector pero no agobiante, sensible pero no cursi, sexy pero no arrogante, bueno pero no boludo, seguro de sí mismo pero dependiente, disponible pero no cargoso, que me dé libertad pero que no se la tome demasiado, que pague pero que no pida nada a cambio... ¿Es tanto pedir?

Ella me consolaba.

—¡Calmate!... No se puede ir en contra del destino, y lo tuyo está en los astros. Siempre vas a ser ambivalente.

—¿Por qué?

—¡En el horóscopo chino... sos Gataflora!

A la noche vino Viviana a visitarme.

Estaba más cariñosa que de costumbre, seguramente por la culpa de haberme metido en este baile.

—¿Ves?... ¿Ves por qué no quería que me arrastraras a un Solos y Solas? —le reproché—. ¡Te dije que yo no sirvo para estas cosas!... ¡Yo no sé picotear!... Las mujeres somos más boludas para eso, no sabemos separar las cosas como ellos. Todo se nos mezcla más. Y ahora me siento mal.

—¡No tenés ningún motivo para sentirte mal! —me decía—. Fue una buena relación, te divertiste, estás entera... te diste cuenta de que a esta edad la pasión todavía está intacta... y además... ¡terminó a tiempo!... ¿Qué más podés pedir?

—¡Pero no es así la vida! —le dije—. ¡Las relaciones

no son un negocio que se puede medir en ganancia o pérdida!... ¡Las personas no somos trajes que uno se saca y se pone como quiere!... Tenemos sentimientos, creamos vínculos... compartimos cosas, nos mostramos las radiografías... ¡No son pavadas!

—¡Sí... ya lo sé...! Pero vos hiciste lo que sentías... y tampoco lo hiciste en un impulso loco, te tomaste tu tiempo y te diste cuenta de que era lo mejor... ¿De qué te vas a quejar ahora?

—¡De nada!... Que he descubierto que soy como mi madre. Primero estaba deprimida porque estaba sola, después me deprimí por estar acompañada, y ahora ni siquiera sé por qué estoy deprimida.

—Bueno —me consolaba—, todos los finales dan tristeza porque le tenemos terror a la pérdida. ¡Pero hay que acordarse de que en la vida nada se pierde, todo se transforma!

—¡Pero a mí todo se me pierde y no se me transforma nunca en nada! —grité.

—¡Eso pensás ahora! —aseguró—. ¡Dejá que pase un tiempo y ya vas a ver cómo todo se transforma en un par de buenos chistes!...

—¿Me lo podés asegurar? —rogué.

—¡Te lo juro! —me dijo la dubitativa—. ¿O ya te olvidaste de lo que nos enseñó el maestro Woody Allen acerca del humor?

—No sé a qué te referís...

—Que el humor es...

—¡Tragedia más tiempo! —dijimos al unísono.

———————————

Al cabo de un mes, él me llamó para contarme que —cuando le planteó la separación a su mujer y ella le dijo la plata que quería por el divorcio— no se le rompió el corazón, pero se le reventaron las hemorroides, y lo tuvieron que operar.

El médico le dijo: "Esto exige cirugía mayor. Es mejor

cortar por lo sano, que dejar que las cosas avancen demasiado y no haya retorno."

¡Las mismas palabras que en mi sueño!... Pero... ¿qué fue lo mío entonces... un vaticinio?... ¿Ésta era la crónica de unas hemorroides anunciadas?... ¿Tenía yo la culpa de que se le hubieran reventado?

—¡Por supuesto que no! —se enojó Viviana—. ¡No empieces con la culpa judía!...

—¿Qué tenés en contra de la culpa? —le dije—. ¡La culpa ha hecho mucho por mi pueblo!

—¡Que ya te conozco y vas a empezar a masoquearte con que vos tenés algo que ver con sus hemorroides y eso es una estupidez!... ¿No te dijo claramente que fue por su divorcio?... Lo que le pasó a él es perfectamente lógico porque el cuerpo es sabio y siempre hace el mejor síntoma.

—¿Éste es el mejor síntoma? —pregunté azorada—. ¿Y el peor cuál sería? ¿Un infarto?

—¡No boluda —me dijo—, quiero decir que el cuerpo expresa de la mejor manera lo que el individuo siente ante sus problemas! Se ve que la guita le importa mucho porque mirá cómo y dónde le pegó el tema de la separación de bienes. Y... contame... al final... ¿Cortó con la mujer o no?

—¡No le pregunté, pero me parece que se quedó con ella y cortó con las hemorroides, que le salía más barato!...

Para ese entonces, ya todas mis amigas sabían del final de mi romance con un casado, y les parecía lógico que se hubiera terminado en poco tiempo.

Estaban contentas porque me veían bien y porque todo había sido muy civilizado.

Aunque fue una época de mucha agitación, yo lo había pasado fantástico y se me notaba en la piel y en la sonrisa.

Los comentarios eran diversos pero Susy no tenía consuelo.

—¡Es una lástima! —decía—. ¡Si se llevaban tan bien en el sexo!

—Bueno —protesté—, pero duró bastante para lo que era... ¡Entre una cosa y otra estuvimos como seis meses!... Y ya se nos estaba mezclando todo. Además yo no sé separar el sexo de los sentimientos... y no sé si quiero aprender. Necesito otras cosas para que un tipo me siga interesando. Necesito admirarlo, respetarlo... quiero que me guste su cabeza... si no no lo puedo sostener... Decime la verdad Susy... ¿cuánto tiempo se puede estar al lado de un hombre sólo por sexo?

—¡Toda una vida! —suspiró.

---

*Las mujeres somos tan
vanidosas, que nos importa
la opinión de aquellos
que no nos interesan.*

M. M. EBNER

Cuando yo era chica, las mujeres odiábamos ser un objeto sexual.

Todos nuestros esfuerzos iban dirigidos a demostrar nuestra inteligencia y nuestros talentos, porque no soportábamos la idea de ser vistas como muñecas sexuales. Eso nos humillaba.

¡Pero ahora no queremos otra cosa!

Invertimos un tiempo y una energía extraordinarios para poder estar flacas, lindas y jóvenes, como impone la moda... ¿Por qué?... ¡Porque queremos ser un objeto sexual!

Es más, ser un objeto sexual ya perdió prácticamente toda connotación peyorativa.

Cambió absolutamente de status. Se jerarquizó. Adquirió un extraño prestigio... Casi... un título nobiliario... Porque... ¡cómo cotiza en bolsa!

Por eso es que todas las mujeres de este país tienen la absoluta certeza de que están horripilantemente gordas.

Pueden preguntarle a cualquiera, a las modelos más esqueléticas, a las anoréxicas, y todas van a decir que están gordas.

Personalmente, reconozco que he transitado toda mi vida con la espada de Damocles del sobrepeso sobre mi frente.

214

Sobre mi frente, sobre mi espalda, sobre mis caderas, sobre mis muslos, sobre mi cintura, etc., etc.

Y es el día de hoy que tengo el pleno convencimiento de que —si lograra perder cinco kilos— atravesaría la ley del Karma y lograría acceder a una dimensión desconocida, a una transfiguración en el plano de la conciencia, a un salto cuántico hacia un universo paralelo, a una experiencia religiosa sin Enrique Iglesias.

Lo que no sabe nadie es que las mujeres no adelgazamos para estar flacas.

¡Adelgazamos para poder volver a comer!... ¡Lo que nos hace volver a engordar y entonces tenemos que ponernos nuevamente a dieta para poder adelgazar para poder comer!

Es el círculo más vicioso que se pueda pedir.

Pero además... lo peor es que yo ni siquiera creo que a los hombres los beneficie en nada.

Porque tengo el pleno convencimiento de que la mejor compañía que un hombre puede desear es la de una mujer con alegría y sentido del humor.

Pero si una está —como la mayoría de nosotras— haciendo una dieta tipo como ésta por ejemplo:

"Para el almuerzo patitas de hormiga a las brasas.

En la merienda el jugo de una cáscara de nuez.

Y a la noche —si se queda con hambre— puede chupar un perejil..."

Aun la más divina se puede llegar a convertir en una compañía tan agradable como la de un inspector de la DGI.

¡Como si todo esto fuera poco, además de flaca hay que ser joven!...

¡A cualquier edad!

¡Y allá vamos las mujeres, decididas a lograr un cuerpo flaco y joven donde morir!

¡Y vaya si vamos a morir!... ¡Estamos en guerra con el tiempo!

¿Adivinen quién va ganar?

Parafraseando a Maitena

¿Qué es mejor que ser linda?
¡Ser joven!

¿Qué es mejor que ser inteligente?
¡Ser joven!

¿Qué es mejor que ser prestigiosa?
¡Ser joven!

¿Qué es mejor que ser millonaria?
¡Ser joven!

¿Qué es mejor que ser amada por el amor de tu vida?
¡Ser joven!

¿Qué es mejor que ser un mito viviente?
¡Ser joven!

¿Hay algo peor que ser vieja?
¡Síííí!... ¡Quedar mal operada!

Envejecer no es para los débiles.

BETTE DAVIS

La adolescencia no es un músculo, como el útero o el corazón, que se pueden estirar casi indefinidamente.

Reconozco que yo a la mía la hice de goma, y la estiré hasta el límite de mis fuerzas, pero paré porque ya estaba a punto de desgarrarme.

Asumir la madurez debe ser uno de los retos más difíciles con que se tiene que enfrentar el hombre.

Y la mujer, ni te cuento.

Para empezar, porque ya no podemos seguir escurriéndole el bulto a la evidencia de la propia finitud, idea insoportable si las hay, y que hemos ido empujando para atrás hacia el futuro hasta que la pared de granito de los cincuenta nos detuvo con un cartel que dice: "Está usted en la estación futuro... ¡Bájese!"

Y el problema con la muerte es precisamente que no tiene futuro.

No es una experiencia que se pueda capitalizar.

No me puedo imaginar un sacrificio más grande que morirme. Todavía si el que se muere es otro, me duele pero se me pasa.

¿Pero morirme personalmente?

Yo no estoy preparada para la muerte porque no me crié en el catolicismo donde la muerte era una materia.

Para los judíos la muerte era casarse con un goi.

Cuando los seres humanos nos enfrentamos con la

217

muerte —dice Elizabeth Kubler Ross— atravesamos cinco etapas bien diferenciadas y en este orden:

Ira, rechazo, regateo, depresión y aceptación.

—¡Dios mío!... Tiene razón —pensé—. Nunca me había dado cuenta pero ahora recuerdo que ya de chica tuve mis regateos con la muerte.

Por ejemplo... cuando me quedaba sola en la oscuridad y tenía miedo de morirme pensaba: Diosito, por favor, cuando la muerte llame a mi puerta... ¿le puede abrir mi hermana?... ¿y decirle que yo no estoy?

Pero pronto me di cuenta de que al destino no se lo puede evadir.

Conoce nuestro número de Cuit.

Con la aceptación de la madurez pasa algo muy parecido a lo que dice Kubler Ross.

Y en las mujeres es más ostensible porque dependemos más de la imagen, de la juventud y la belleza.

Por eso alrededor de los 40 ya nos empieza a aparecer como una bronca, y rechazamos violentamente la madurez, peleando con uñas y dientes por seguir siendo jóvenes a cualquier precio.

Después viene el momento del regateo.

Empezamos a negociar con Dios el precio de la juventud suplementaria.

Dios, por favor, te juro que dejo los chocolates para siempre y el lunes me anoto en un gimnasio y empiezo una dieta rigurosa y no vuelvo a fumar un pucho en mi vida y le devuelvo el novio a mi hermana, pero dejame ser joven unos añitos más, por favor Dios qué te cuesta...

Después de eso viene, obviamente, la depresión.

Se acabó, se acabó, se acabó. El mundo no tiene sentido si una ya no es joven y deseable.

Porque las mujeres —para colmo de males— tenemos que enfrentarnos con el hecho de perder la mirada de aprobación masculina.

Y a eso le tenemos más miedo que a la muerte.

Pero después llega la aceptación.

Más tarde o más temprano, nos agarre mejor o peor paradas, la vida no se detiene y la madurez es el destino inexorable.

Si podemos superar las etapas de la ira, el rechazo, el regateo y la depresión, si éstas no nos consumen demasiado espacio de la vida, podremos en la aceptación de la madurez acceder a un paso más hacia la sabiduría.

Y uno de los rasgos más claros de sabiduría es el de lograr hacer coincidir la voluntad con el destino.

"La más heroica actividad del hombre es su batalla contra el tiempo —dice Louis Pauwels—, y esta batalla empieza realmente en la madurez. Pero no hay ideólogo, psicólogo ni sociólogo que nos enseñe cómo librarla. Descubrimos que el mayor problema de la edad no es que el tiempo nos esté contado, sino que cada vez cuenta menos. No es que el tiempo pase. Es que cada vez se nota menos su paso. La gran ambición de la segunda parte de la vida debería ser sentir pasar el tiempo."

Yo sé que no me lo van a creer, pero... ¿saben que a mí no me importa que el tiempo pase?

Les juro. No me importa. ¡Lo que no soporto es que me toque!

¿Saben qué nos protege de la edad?

¡La sonrisa!

Por eso recomiendo aceptar el paso del tiempo con una sonrisa y dejar caer graciosamente las cosas de la juventud.

Porque siempre se tienen veinte años en un rincón del corazón.

Y en alguna que otra presita también.

Diferencias
entre los sexos

o

La ventura
del hombre

No necesitan ni siquiera un baño.

Pueden hacerlo en un agujero, en un árbol, en una botella, en la puerta del vecino, o debajo de la alfombra.

Pueden hacerlo como una canilla, como una fuente, como un aerosol, o como una lapicera. Pueden escribir mensajes con el pis en la arena, o hacerlo dibujar arcoiris en el aire. Pueden hacer fuegos artificiales de pis. Pueden hacer campeonatos de salto a distancia de pis. ¡Pueden mear a alguien que no los ve!

Ellos manejan su pis. Y su pis les obedece.

Pero además, pueden ir al baño sin que los acompañe ningún amigo, y... la maldita cola del baño de ellos ¡es más corta!

Nosotras tenemos que aguantar hasta que nos reviente la vejiga, si no encontramos un baño con un inodoro limpio, con papel higiénico, y preferiblemente con bidet de agua fría y caliente y toalla limpia.

En el caso de que no existan el bidet y la toalla, y la situación apremie, podemos llegar a conformarnos con un inodoro más o menos limpio, siempre que haya suficiente papel higiénico como para cubrir toda la taza con él y recién ahí sentarnos llenas de aprensiones.

Por menos de esto, hay que aguantar como se pueda hasta llegar a la casa.

Pero si la situación llega a extremos como —por ejemplo— empezar a drenar, siempre nos queda hacerlo sin sentarnos, ni paradas ni agachadas, en una posición no sólo incómoda sino profundamente indigna, pero con la que se reduce el riesgo de contraer infecciones, o el de mojarse el upite en el inodoro.

Así sólo nos mojamos la bombacha, las medias, las piernas y los zapatos.

No se maquillan

Están siempre listos, pueden salir a la calle cuando se les antoje, sin la menor preparación.

No se los ve a veces divinos y a veces horribles.

Si son divinos están siempre divinos y si son horribles están siempre horribles.

Pero se la bancan.

Usan la misma cara para enfrentarse con el almacenero que para enfrentarse con Claudia Schiffer.

Pueden tomar sol, meterse al agua, mojarse la cabeza, transpirar... y quedan igual.

No se les cae la cara.

Nosotras no vamos al quiosco a comprar chicle si no estamos maquilladas.

Yo he llegado a no atender el teléfono sin maquillaje.

Cuando era chica, y todavía no tenía dinero como para comprar maquillaje, raspaba un lápiz de escribir contra la pared, y me pintaba los ojos.

Llegué a convencerme de que ésa era mi cara.

Tengo una amiga que se levanta todos los días media hora antes que el marido para que él no la vea sin maquillaje.

Un día se durmió y cuando el marido la miró, llamó a la ambulancia.

La vio tan pálida que creyó que estaba muerta.

El pobre casi se infarta.

Se enojó muchísimo cuando ella le confesó lo que hacía y le hizo prometer que nunca más en la vida le haría una cosa así.

Ahora ella duerme maquillada.

Es por todos conocida la anécdota de una famosa vedette, que le saltó a la yugular a un fotógrafo porque él le sacó una foto con la cara lavada.

La pobre tuvo que pagarle una fortuna de indemnización, porque el tipo quedó malherido —amén de tener que tragarse la foto—, pero ella se defendió en el juicio:

"Todo el mundo sabe que he sido tapa de revistas borracha, drogada, con maridos ajenos, en orgías, recién operada... y jamás le reproché a un fotógrafo.

"Es más, a algunos les pagué.

"Pero mi verdadera cara es algo que pertenece exclusivamente a mi intimidad, y es lo único que jamás me dejaré violar."

Todavía está presa, pobre.

Los parientes no le llevan comida o cigarrillos. Le llevan maquillaje.

Está tan deprimida que hizo llamar a un cura para confesarse.

Le hizo prometer que si se moría en la cárcel, la velarían con el cajón cerrado, porque no confiaba en que la maquillara nadie que no fuera ella.

Terrible historia de las injusticias en la vida de las mujeres.

Pero además, no podemos llorar sin que se nos corra el rimmel, no podemos besar sin que se nos corra el rouge, no podemos tomar sol porque el polvo compacto se convierte en un ladrillo, no podemos transpirar porque se nos derrite la base, y no podemos lavarnos la cara porque... ¡nadie nos reconocería!

———————————

No usan tacos altos

Son de la altura que son.

Si son petisos, inventan mitos acerca de sí mismos, como la ley del revólver y todas esas paparruchas.

O se hacen prepotentes.

La prepotencia es el último refugio de los petisos.

Pero se la bancan.

No andan haciendo equilibrio sobre tacos aguja de quince centímetros.

Ni torturando sus juanetes con hormas italianas.

No se sienten incómodos en sus cuerpos.

Nosotras vivimos desde chiquitas haciendo equilibrio sobre ese invento del Averno que son los tacos altos.

Porque nos sentimos inadecuadas.

Los tacos altos no sólo son terriblemente incómodos, sino que —a lo largo de los años— van provocando una serie de efectos secundarios que terminan minando el organismo femenino desde su pura base.

A saber:

"Vencimiento de arcos anterior y posterior, juanete, dedo martillo (que se llama así porque duele como si te martillaran un dedo), callos, descaderamiento, hernia de disco, tendinitis, esguinces, pie de atleta, reuma, artrosis, esclerosis, escoleosis, halitosis, etc."

Pero qué importancia pueden tener esas minucias frente a la posibilidad de —aunque sea por un rato— poder parecer... ¡más altas!

Me imagino al tipo que inventó los tacos altos —porque esto también es un invento masculino, no les quepa la menor duda— riéndose a escondidas junto con sus secuaces y apostando: "¡Vamos a ver a cuántas hacemos caer ahora!"

No se depilan

Sí, ya sé lo que me van a decir.

Que ellos se tienen que afeitar todos los días. Miren cómo tiemblo.

¡Pero del cuello para arriba!

Una afeitada mínima que se hace en dos minutos, y que es indolora, inodora e insípida.

Y que si quieren no se la hacen e igual les queda bien.

Ellos, si se quieren adornar la cara... ¡lo hacen con su propio pelo!

El pelo, en ellos, es una virtud, no un defecto.

Una barba hirsuta, de dos o tres días, es sexy y está de moda.

Una barba contundente, con mucho pelo, es atractiva y viril.

Un bigote tiene su prestigio.

Ni hablar del pelo en el pecho o en las piernas... ¡el colmo de la masculinidad!

En la espalda no, ven, eso lo admito, los pelos en la espalda ya dan categoría de planeta de los simios. Ésos se los depilaría.

Pero en nosotras el pelo es un estigma.

El único pelo femenino con alguna categoría es el de la cabeza. Y el de las pestañas.

Pero al resto ni siquiera le han dado nombre de pelo. El nuestro se llama vello.

Y todos, absolutamente todos, deben ser depilados.

Las cejas, las axilas, las piernas, los brazos, los bigotes, las barbas, las entrepiernas.

Los métodos son variados estilos de torturas que las mujeres hemos aceptado con una pasividad rayana en la perversión.

Se pueden arrancar pelo por pelo, con pinzas o aparatos, que provocan un dolor intenso pero intermitente.

La pinza es lo más bancable ya que los arranca de a uno.

Vendría a ser un tipo de dolor comparable al de las primeras contracciones, que —aunque insoportables— entre una y otra te dan tiempo para respirar.

Pero la pinza sólo sirve para las cejas, porque para depilarse piernas y brazos con una pinza, no sólo tendrías que tener mucho tiempo (unos dos o tres días) sino que también tendrías que ser yogui para acceder a los pelos más recónditos.

Las depiladoras eléctricas —especie de picana femenina— te arrancan los pelos uno por uno, pero muy seguidos, sin tiempo para respirar entre uno y otro.

El dolor es espantoso pero —por suerte— dura una eternidad.

O se pueden arrancar muchos de una vez, en una experiencia de dolor indescriptible —como un parto de mellizos cabezones—, que las mujeres nos infligimos a nosotras mismas por propia voluntad y asiduamente, dando muestras de un estoicismo digno de mejor causa, y de un masoquismo a prueba de balas.

Para ello se usan habitualmente ceras calientes —algo parecido a lo que usamos para echar a los ingleses— pero que ahora se usan para echar al vello, que no se da por aludido y vuelve a por más después de un tiempo, a pesar del maltrato.

Pero además, para poder sacártelos con cera hace falta que el vello tenga una longitud tal, que cuando te los ven en la peluquería no saben si depilarte o hacerte un brushing.

Las ceras calientes no sólo te arrancan pedazos de piel, sino que primero te la escaldan para que salga más fácil.

Mi hermana quedó tan escaldada la última vez, que juró no volver a depilarse en su vida, así que se empezó a afeitar con la maquinita.

Estaba contenta de haberse librado de la tortura de la cera.

Hasta que una noche en la intimidad su marido —músico— le dijo:

—¿Te acordás que yo siempre te decía que me enamoré de vos porque tu cuerpo me hacía acordar a una guitarra?

—Sí.

—Bueno, ahora... ¡me hace acordar a un charango!

———————————

No tienen celulitis

¿Será posible?... ¿Pero, por qué... por qué... por qué?... ¡Mil veces por qué!

¿Por qué nosotras sí y ellos no?

Con esto no quiero decir que se la merezcan, pero... ¡todas para ellos!

Aunque yo sé bien que las diferencias orgánicas son una anécdota, y que lo que verdaderamente cuenta son las personas.

Pero es tan palpable la injusticia en este caso, que dan ganas de vomitar.

Lo peor es que también es palpable la diferencia adiposa, lo que no es ninguna anécdota, pero puede arruinar el chiste.

Porque la celulitis no sólo es fea a la vista sino que debe ser desagradable al tacto.

No sé, me imagino, porque yo no me toco. Me da asco.

Pero calculo que para un tipo debe ser como empezar a deslizar su mano por una ruta lisa, sedosa, y de repente encontrarse con un empedrado.

La celulitis, ese karma traumático, ese parásito capitoné, esa viruela loca, llevada por algún oscuro designio, ataca solamente a las mujeres.

Lo que nos hace bien diferentes a los hombres.

Pero bastante parecidas a las morsas.

Tienen un estado de ánimo parejo

No les cambia el ánimo obligatoriamente una vez cada veintiocho días.

En cambio nosotras nos deprimimos varios días antes de la menstruación, o nos ponemos irritables o coléricas. Cuando nos viene la regla se nos pasa el malhumor pero nos vienen los dolores o la retención de agua.

Y ellos, si alguna vez retienen agua, es en una cantimplora.

La menstruación y sus síntomas también duran varios días, que nos alteran terriblemente el ánimo, pero cuando finalmente se va y estamos por empezar a sentirnos mejor... empieza el síndrome premenstrual, y todo vuelve al principio.

Por lo menos cuando estamos embarazadas descansamos de los sube y baja menstruales, pero... el embarazo puede llegar a provocar síntomas aun más extremos desde claustrofobias hasta esquizofrenias varias.

Ansiedades orales y escritas, euforias, miedos, pánicos.

Por suerte después viene el parto.

El dolor, el terror, el esfuerzo sobrehumano, el cuerpo abierto en dos.

Pero, bueno, al fin... ¡El alivio!

¡No!... ¡La depresión posparto!

El otro día la escuchaba a mi hermana que estaba indignada con su hijo.

—¿Sabés cuánto me duró la depresión posparto? —gritaba completamente sacada—. ¡Hasta que se casó!... ¡Pero después volvió!

Después de eso ya pasa lo peor.

Sólo queda la menopausia.

Ser mujer es vivir en una montaña rusa física y emocional.

No cargan peso inútil

Van livianos, tranquilos, lo que necesitan lo llevan en los bolsillos. Y punto.

No como nosotras que cargamos unas carteras cada vez más grandes como si —al salir a la calle— nos fuéramos de safari al África.

¿Por qué las mujeres cargaremos tanto peso al cuete?

Si yo me pongo a pensar las cosas que cargo en la cartera, todos los días de mi vida, y que traslado de un lado para otro con la misma voluntad inútil, si me pongo a pensar que en la mayoría de los casos no las uso o me podría haber arreglado igual sin ellas... ¿creen que yo sabría por qué lo hago?... Bueno, pues no, no lo sé.

Pero cada vez que voy a salir y decido terminantemente salir liviana, porque mi columna ya está pidiendo agua por señas, agarro un bolsito con el monedero y los documentos nada más, y no llego a la puerta cuando empiezo a sentir que me falta algo... ¡La agenda!... ¡Qué boluda!... Si salgo sin la agenda no sé ni a dónde voy... Menos mal que me acordé... ¡El teléfono!... ¿Qué hago sin el celular?... ¡El maquillaje!... pero el bolso pesa una barbaridad... ¡No!... no llevo todo... mejor llevo sólo el rouge y la base y el polvo compacto y el rubor... y una cremita humectante... y... ¡el cepillo!... Mejor llevo la planchita también porque con la humedad por ahí se me enrula mucho y... ¡un libro!... porque la dentista siempre me hace esperar y en el consultorio sólo tiene revistas con fotos de dientes... ¡el nécessaire!... aprovecho para limarme la uña rota porque si no se me van a romper las medias... ¡el perfume!... y así... ¡Ad infinitum!

¿Será por eso?

LOS MECÁNICOS NO LES MIENTEN

Cualquier mujer a la que alguna vez se le haya roto el auto sabe que es el momento en el que cualquier macho le parece un hombre y un camionero... ¡Superman!

Los hombres y las máquinas se entienden. Son de la misma raza.

Pero además... ¡se entienden entre ellos!

Si un mecánico ve a un tipo, no le va a vender los buzones que nos vende a las mujeres. ¡Porque ellos entienden!... Y aunque no entiendan... ¡no se les nota!...

Un tipo siempre parece que sabe de autos. Siempre parece que sabe de algo.

Por el solo hecho de ser un hombre. Impone por su sola presencia.

¡Pero a nosotras nos dicen cualquier cosa!

Empiezan con el palabrerío parafernálico típico "debe ser la tapa del distribuidor de aceite que tal vez le haya empastado las bujías que a la vez que provocan un recalentamiento de la correa de ventilador le haya afectado todo el tren delantero y seguramente eso le produjo una vibración en el volante que le jodió las pastillas de freno y la batería... por eso no le abre bien la puerta... ¿Entiende?"

Y vos fuiste porque no te abría bien la puerta, y pensabas que se arreglaba con cambiar unos tornillos, pero como ya te perdiste desde que él dijo "debe ser..." le decís a todo que sí y entonces viene la segunda parte del discurso mecánico "voy a tener que desarmar el motor y después mandarlo a afinar y cambiarle el filtro y... ¿Cuánto hace que no le cambia el aceite?".

Y vos... tartamudeando... aterrorizada como un criminal descubierto con las manos en la masa... asegurás... "¡Se lo cambié!... ¡Se lo cambié hace poco!"

—¿Cuánto?

—¡Qué sé yo...! ¿Un mes?

—¡Ah!... bueno, pero entonces hay que ver si el motor no está fundido y para eso necesito tres días más... y le va a salir más caro... etc., etc...

Así es como terminás pagando 500 dólares por los tornillos de la puerta, pidiéndole perdón al tipo por no entender nada del auto... y encima te tenés que bancar las sonrisas sobradoras de los otros mecánicos que te miran con cara de ¡Andá a lavar los platos!

No tienen límite de tiempo

Para empezar, no envejecen.

Se ponen maduros, con interesantes líneas en sus caras, que dan cuenta de que son hombres que han vivido... cosa que habla muy bien de ellos.

Un hombre de cincuenta años no tendrá ningún problema en salir con una pendeja.

Ni una pendeja en salir con él.

En cambio a una mujer de cincuenta no la miran ni los obreros de la construcción.

Ellos maduran mientras nosotras envejecemos.

Miren si no —por ejemplo— la historia de Anthony Quinn.

Dejó a su esposa de toda la vida —a los 80 años— y se fue con su secretaria, de treinta. Aunque —pensándolo bien— no sé si es un buen ejemplo.

Porque lo de esa chica fue un flechazo. Un caso típico de interés a primera vista.

Cuenta Bette Midler en uno de sus shows, que una vez estaba tratando de llamar la atención de su marido —sin lograrlo—, hasta que decidió pasearse desnuda delante de él. Él tampoco la registró.

Al otro día, cuando ella le reprocha que ni la haya mirado, él lo niega terminantemente. "¡Por supuesto que te vi!", le jura.

Entonces ella —para probarlo— le dice: "¡A ver!... ¿Qué tenía puesto?"

Y él: "¡No me acuerdo... pero estaba arrugado!"

¿Se dan cuenta?...

Pero a ellos no se les cae todo con la edad.

No tienen cosas que les cuelgan.

Bueno, sí, ya sé que tienen cosas que les cuelgan,

pero —en todo caso— son las mismas cosas que les colgaron siempre. No les cuelgan por la edad.

Además, no son cosas que cuelgan cuando debieran estar firmes; cuando les cuelgan es porque les tienen que colgar y cuando deben estar firmes, están firmes, y después les vuelven a colgar, y así.

Bueno, a veces también les cuelgan cuando debieran estar firmes, o están firmes cuando deberían estar colgando, pero... ¡no estábamos hablando de eso! Ahora.

Lo que quiero decir es que ellos no se deterioran tanto por la edad.

Como mucho, una pequeña busarda, o algunos pelos de menos.

¡Pero ni las panzas ni las peladas los dejan sin sexo!

Y la mayoría de ellos llega bastante firme hasta edades avanzadas.

Estamos hablando de afuera, of course.

Pero además, pueden tener hijos hasta los ochenta... hasta los cien...

¡Pueden tener hijos sin enterarse, hijos que no reconocen!... (Yo, ni siquiera en esos días en que miro a mi hijo y pienso que debí quedarme virgen... puedo dejar de reconocer al mío.)

¡Pueden tener hijos después de muertos!

Ellos tienen Tiempo.

Nosotras tenemos ciclos, límites, relojes biológicos que nos muerden los talones, menstruaciones, embarazos, menopausias.

Un soltero de 40 años es un partidazo.

Pero a las mujeres que no tuvieron hijos y están alrededor de los 40, les empieza a salir como una espuma por la boca.

Recuerdo que a mi amiga Adriana —famosa cantante de boleros— cumplir 40 le pegó muy mal, y la angustia de no haber podido armar una pareja y tener hijos la convirtió en una alcohólica empedernida, pobre.

Un día la tuvieron que sacar con los bomberos de la Torre de los Ingleses.

La encontraron abrazada al reloj cantando como una posesa:

"Reloj biológico no marques las horas, porque voy a enloquecer..."

Después de años de internación, le dieron el alta y la mandaron para su casa.

Pero a los 45 y sin hijos, se convirtió en hombreloba.

Las mujeres tenemos el cuerpo cortado por estaciones, subidas y bajadas, esquinas y recodos, aceleradas y frenadas.

Aumentamos montones de kilos con cada embarazo, las caderas se nos abren para dejar pasar al bebé, los pechos se nos hinchan con la leche, los pezones se nos agrietan con la succión (del bebé, con la otra se nos mejoran), los cuerpos se expanden y se contraen muchas veces a lo largo de nuestras vidas.

Por si todo esto fuera poco, vivimos haciendo dietas, apretadas para parecer más flacas, haciendo equilibrio para parecer más altas, pintadas para parecer más lindas, operadas para parecer más jóvenes...

¡Con tanta baqueta no hay cuerpo que aguante!

Por eso llegamos a la madurez bastante arrugadas, pero bien blanditas, con sobrantes de piel y/o de grasa, con arcos vencidos y columnas castigadas, que dan cuenta de que somos mujeres que han vivido... cosa que habla muy mal de nosotras.

Falocracia

Vivimos en una falocracia, qué duda cabe.

Nacer varón ya es un privilegio.

El mundo fue diseñado por ellos para ellos, y les resulta natural que sea así.

En ningún momento se cuestionan sus heredadas prerrogativas, y desconfían celosamente de cualquiera que pretenda hacerlo.

Porque los privilegios sólo se los cuestionan los que no los tienen.

Por ejemplo, las mujeres.

Ellos dicen que no podemos echarles la culpa por eso, porque muchos de estos privilegios les vienen dados desde la naturaleza.

Aparentemente fue la naturaleza la que les echó una manito.

El que no tengan celulitis, ni menstruación ni menopausia, el hecho de que envejezcan mejor o puedan mear parados, son "beneficios" de la naturaleza, que los prefiere a ellos.

Y se han encargado de convencernos de que a las mujeres la naturaleza no nos favoreció. No sólo que no nos favoreció. Que nos tiró a matar. Que directamente se ensañó con nosotras.

¡Y nosotras se lo creímos!

Por eso estamos en guerra con la naturaleza.

Por eso nos operamos, nos liposuccionamos, nos cortamos, nos cambiamos, nos inyectamos. Por eso violentamos nuestra menstruación, nuestros ritmos biológicos, nuestros cuerpos y nuestras almas.

Porque no estamos de acuerdo con ella.

Recuerdo la impresión que me causó una nota que leí

sobre una modelo francesa que se había hecho poner pómulos en la frente y la nariz más larga que la cara le pudiera sostener. Se había hecho cirugías de todo tipo, pero no cosas que la embellecieran.

Su problema no era por la belleza.

Ella no estaba de acuerdo con la naturaleza.

Decía que estaba en guerra con el ADN.

Acá no tenemos nada que envidiarles a las francesas.

Nosotras estamos en guerra con el DNI.

"La masculinidad funciona con las propiedades de una nobleza —dice Bourdieu, el filósofo francés—. Las mujeres y los hombres trabajan conjuntamente para estructurar la dominación masculina. El hombre decide. La mujer se aparta."

Porque en realidad los privilegios masculinos no tienen nada que ver con la naturaleza.

Tienen que ver con la cultura.

Las mujeres hemos heredado una crisis colectiva de identidad porque nuestras instituciones y nuestro lenguaje consideran a las mujeres carentes en relación a los hombres.

Por eso lo femenino se comporta como lo plebeyo.

Porque el sentimiento de inadecuación que heredamos del patriarcado nos persigue a lo largo de toda nuestra existencia y se manifiesta —entre otras cosas— en un enorme descontento con nuestros cuerpos.

El hecho de que las mujeres consumamos buena parte de nuestras vidas tratando de parecer otras es nuestra herencia cultural.

Los medios se encargan de bombardearnos con información acerca del modelito de mujer que se lleva esta temporada.

Y allá vamos las mujeres, contagiadas de la mirada masculina, mirándonos a nosotras mismas por pedazos para reformar.

Por eso nos pintamos, nos apretamos, nos alzamos, nos depilamos, nos disfrazamos, nos teñimos y nos cansamos.

Por eso nos rellenamos, nos agrandamos y nos achicamos, para poder entrar en la fantasía colectiva del talle ideal.

Pero —desgraciadamente— tampoco de eso podemos echarles toda la culpa a los varones.

La culpa es de la sociedad de consumo.

Porque les aseguro que el día que las mujeres levantemos nuestra autoestima...

¡Se funde la economía global!

• • •

AUTOESTIMA

El hecho de que las mujeres tengamos la autoestima tan baja no lo convierte en un tema menor. Pero como culturalmente está tan aceptado, a veces ni nosotras nos damos cuenta. Carecemos como cultura de relatos de mujeres fuertes y completas.

Tener la autoestima baja es —por ejemplo— que cuando el hombre de tu vida de turno desaparece vos llegues a las siguientes conclusiones:

"Debe ser porque no le di suficiente amor o porque le di pero no se lo manifesté claramente o porque le di demasiado y no le gusta mi manera de dar o porque tengo mal aliento o quizás lo que no le gustó es que le hable de mi infancia, o las estrías, nunca debí dejar que me viera con esa malla o tal vez piensa que estuve demasiado masculina o muy dominante o que uso las polleras muy largas y soy demasiado intelectual o muy emocional o mis dientes le dieron rechazo, no tendría que haberme reído tanto, etc. etc. etc."

Una mujer con la autoestima alta sólo puede pensar así en estos casos:

"Si desapareció caben sólo dos posibilidades: está con otra mujer o está muerto. Más le vale estar muerto."

¿Entienden?

Mi amiga Viviana es de otro planeta.

No sé si será porque tiene la autoestima alta o porque se le cayó el techo en la cabeza, pero ella jamás tiene esta clase de problemas. El año pasado se fue a hacer un "encierro espiritual" con los budistas descalzos —según sus propias palabras— porque creyó que Buda era el fundador del egoísmo.

Ella busca su ser interior en Victoria's Secret.

El otro día me decía: "¿Viste que ahora todo el mundo

habla de un libro que se llama *Las mujeres que aman demasiado*?"

—Sí.

—Bueno, yo voy a escribir uno que se llame *Las mujeres que no aman nada*.

Pero la autoestima no es el orgullo, no es el ego, no es la omnipotencia.

Es sentirse confiadamente apto para la vida.

———————————————

Cambiando
el narcisismo
por la autoestima

Los mandatos de esta cultura de que las mujeres sean bellas y jóvenes y de que los hombres tengan éxito y dinero —si bien están empezando a mezclarse— prevalecen.

Y ambos sexos obedecemos ciegamente a ellos.

Pero —en este fin de milenio más que nunca— los dos mandatos tienen un denominador común.

Y es el dinero.

El dinero es un poder. La belleza es otro. Y se pueden comprar mutuamente.

La belleza produce dinero.

El dinero produce belleza.

Pero la belleza es un valor perecedero.

Porque se puede comprar belleza. Pero no se puede comprar juventud.

En cambio el dinero... ¡trae más dinero!

Detrás de todos los títeres —que somos nosotros— está el titiritero máximo.

Que es el dinero.

Detrás de la guerra de los sexos —como detrás de todas las guerras— está el poder. O sea, el dinero.

Pero el dinero es inocente.

Puede ser un arma o puede ser amor.

Depende de nosotros.

La juventud está endiosada porque produce y consume.

Pero no es consciente de que se consume a sí misma porque el mandato es de no llegar a viejos.

"Una cultura que no enseña a envejecer produce monstruos —dice Pauwels—. Jóvenes envilecidos por el racismo de la edad o viejos adolescentes."

Pero nadie nos enseña a envejecer con dignidad.

—¡No hay ninguna dignidad en envejecer! —diría Viviana—. ¡Envejecer con dignidad es no babearse!

En el fondo de nuestros corazoncitos femeninos guardamos la ilusión de que la ciencia nos va a salvar de todo. De que en algún momento vamos a poder ir al cirujano y decirle: "Lipoaspíreme toda la negatividad y el miedo, implánteme alegría de vivir y relléneme con mucho sentido de la vida."

Pero la alegría y el sentido de la vida no vienen de afuera.

Son facultades del alma.

No es un discurso anticirugía.

Creo en estar mejor. Y creo en la disposición para verse bien como una facultad del alma.

Pero no cambiando el cuerpo para ajustarlo a una imagen ideal.

Cambiando la mirada.

Porque jamás habrá igualdad si las mujeres seguimos obsesionándonos con el mito de la belleza. Mito que —por otra parte— no tiene nada que ver con el sexo ni con el amor.

Y mucho menos con la felicidad.

Dice Naomi Wolf que "sufrir para aparentar belleza es una de las peores coacciones de nuestro tiempo, y la obligación de ser bella un poderoso sedante político para la mujer. La victoria final consiste en que toda mujer libre sepa que su cuerpo es asunto suyo. Abolido el mito de la belleza nadie tendrá derecho a decir qué es bello y qué no lo es. Se trata simplemente de ir en busca del placer, comer lo que se tenga gana y huir del dolor. ¿Cómo?... Cambiando el narcisismo por la autoestima."

¿Suena utópico?... ¡A no desesperar!... Tenemos tiempo. ¡Somos tan jóvenes todavía!

Y después de todo, el paso del tiempo sólo debería preocupar a los que tienen algo perecedero que ofrecer.

Por eso...

No nos preocupemos tanto por desnudar el cuerpo... Desnudemos el alma.

Que además es el único lugar... ¡al que no llega la celulitis!

La mujer
y
el éxito

Lo más difícil que tiene el éxito
es encontrar a un hombre que se alegre por vos.

BETTE MIDLER

"Las mujeres nunca tendrán tanto éxito como los hombres —dice Dick Van Dyke— porque no tienen esposas que les den consejos."

Y es cierto.

Pero lo que no nos dice Dick, ni nadie, es que las esposas son una raza en extinción. Aquella presencia femenina, que —desde la sombra— apoyaba y sostenía a su marido para que él lograra todos sus objetivos, que se encargaba de criar a los hijos, de cuidar todos los vínculos de la familia (los sociales y los íntimos), y de mudarse a donde hiciera falta para seguirlo, ya prácticamente no existe.

Las mujeres hemos recorrido un largo camino, y estamos empezando a saborear las mieles del éxito personal. Cada día son más las que trabajan fuera de su casa, en muchos casos en trabajos mejor remunerados que los de sus maridos, y en algunos otros —que se incrementan día a día— con éxitos rutilantes.

Ahora... ¿qué pasa con las mujeres de éxito?... ¿Cómo las acompañan los hombres?

Los hombres poderosos tienen éxito gracias a la ayuda de sus mujeres —dice mi amiga Linda—; en cambio, las mujeres poderosas sólo tienen éxito a pesar de sus maridos.

Pero las mujeres de hoy estamos compitiendo en todos los campos y necesitamos soporte igual que ellos. La mayoría de nosotras queremos a los hombres en nuestras vidas aunque ellos no siempre ofrecen ayuda.

253

¿Acaso es demasiado pedirles que nos ofrezcan una base emocional estable para largarnos a conquistar el mundo?

Suena pretencioso en una mujer, ¿verdad?

Sin embargo eso es exactamente lo que las mujeres les ofrecimos a lo largo de toda la historia. ¿Por qué ellos no pueden hacer lo mismo?

La prueba de la masculinidad ahora debería ser: ¿Es él lo suficientemente hombre como para estar al lado de una mujer de éxito?

¿Puede compartir el protagonismo sin morir en el intento?

¿A qué tipo de hombre le gustan las mujeres exitosas?

No a sus pares, por cierto.

¿Acaso ellas sólo pueden gustarle a un admirador, que ocupe un lugar pasivo, de aceptación incondicional, y que no compita?

La mayoría de las mujeres que tienen éxitos muy resonantes están solas o acompañadas por un subalterno.

En muchos casos por alguien más joven, que las admira incondicionalmente y que no compite con ellas.

Los hombres más jóvenes no les temen a las mujeres poderosas, porque, probablemente, hayan sido criados por una de ellas.

En cambio los más grandes, que probablemente vengan de un hogar tradicional, con una madre ocupada de las "tareas propias de su sexo" desconocen y temen al poder de las mujeres.

Una vez le preguntaron a Cher por qué salía siempre con hombres más jóvenes y ella contestó: "Porque los grandes no me invitan".

Bueno, no sé si es un buen ejemplo.

Yo tampoco la invitaría si viene con el penacho.

En otros casos, cuando la diva en cuestión tiene el reloj biológico mordiéndole los talones —como Xuxa o Madonna— se hacen acompañar por un padrillo.

En otros, más patéticos aún, por una probeta.

"El problema de Xuxa o Madonna —dice mi amigo Miguel— no es porque los hombres no las buscan. ¡Es porque todos los tipos que les gustan tienen tetas y usan bombacha!"

En fin. Es muy difícil encontrar una pareja de iguales.

¿Será que para que alguien tenga éxito —sea varón o mujer— necesita una esposa que lo sostenga?

Alguien que lo espere, que lo mime, que lo cuide, que disfrute sus éxitos como propios, que le facilite las cosas para que pueda abocarse a lo suyo, que se ocupe de la casa, de los chicos...

¡Yo también quiero una esposa!

Tal vez esto esté cambiando entre la gente muy joven, pero yo observo que las mujeres estamos preparadas ancestralmente para alentar, compartir y disfrutar como propio el éxito de los varones, mientras que a ellos les cuesta enormemente compartir el nuestro.

En la misma naturaleza de lo femenino está su capacidad para ponerse en el lugar de otro. Es más, en la mujer, la admiración por el hombre es un elemento clave en su erotismo. Necesita admirarlo para erotizarse.

En cambio, en el hombre, se manifiesta de otra manera.

La admiración intelectual por una mujer no necesariamente lo erotiza. Yo diría que más bien lo distancia. O —por lo menos— lo vuelve inseguro.

Porque compite con ella. Siente que le han invadido su terreno.

Por lo pronto les transcribo el diálogo que tuve al respecto con el último hombre que conocí, mientras él trataba de convencerme de que era una persona muy abierta y para nada machista.

—¿Sabés qué clase de mujer me enamora? —me decía—. Una mujer inteligente, con una vocación muy definida, apasionada por su trabajo, con mucho sentido del humor, completamente involucrada con la vida... y que esté deseando dejarlo todo por mí.

—¡Te agradezco la sinceridad! —le dije—. Y yo también quiero ser sincera contigo. Los hombres me gustan irremediablemente. ¡Lo que ya no sé es por qué!

—¡Ya te dije que a un hombre no lo vas a deslumbrar

con tu inteligencia! —asegura Viviana—, lo único que lo deslumbra es que le hables de la inteligencia de él. Tampoco lo vas a atraer con tu profundidad... bueno... por ahí sí... ¡con la de tu escote!

En el mejor de los casos, no nos admiramos por las mismas cosas.

Dice Virginia Woolf:

"Durante siglos las mujeres hemos funcionado como espejos mágicos en los que el hombre se ha visto del doble de su tamaño."

Pero la mujer ha corrido su mirada.

Su capacidad para salir al mundo y tomar parte de él con éxito la ha movido de lugar, y su espejo ahora refleja a los hombres en su tamaño natural.

Y esto desconcierta al varón.

—¡No entienden nada! —protestaba Viviana—. ¡Queríamos achicarlos para que entraran en nuestras vidas!... ¡No para que se fueran para siempre!

Pero es que ahora las mujeres, recorriendo paso a paso el camino que ellos hicieron antes, también queremos ser reflejadas en un espejo de aceptación incondicional.

Y por eso —al igual que ellos durante tanto tiempo— también procuramos la compañía de gente que no nos cuestione, que disfrute nuestros éxitos, que nos mire como a diosas, y que nos alimente el ego poderoso que hace falta tener para lograr y mantener el éxito que anhelamos.

¿Buscamos una esposa?

Los hombres se quejan de que el éxito y el poder masculinizan a las mujeres.

Y yo creo que —en un punto— es verdad.

Porque las estructuras del poder —así como está establecido— son masculinas.

Porque para desenvolverse y triunfar en este mundo de patrones masculinos —un mundo que no fue producto del diálogo— hay que luchar en terreno de hombres.

La mujer tuvo que desarrollar su parte "masculina".

Y estuvo bien hecho, porque eso le permitió lograr cambios sustantivos en la sociedad. Desde la pura femineidad jamás se hubiera logrado.

Pero si ella también utiliza su parte masculina para despreciar lo femenino, en lugar de exaltarlo y revalorizarlo, entonces estamos todos perdidos.

Ahora, separemos la paja del trigo.

Lo masculino y lo femenino tienen parte de sus asientos en la biología, pero una enorme parte de ellos en lo cultural. Y hoy sabemos perfectamente que lo cultural —con el tiempo— se convierte en una segunda biología.

Las mujeres hemos salido en busca del éxito y el poder —valores culturalmente masculinos— no sólo porque queremos y merecemos estar donde se cocina el mundo, no sólo porque queremos y merecemos desarrollar nuestro potencial al máximo, y completarnos como seres humanos, sino también porque son los valores más altos en nuestra sociedad.

Porque sentimos que estamos adquiriendo algo que se aplaude y se cotiza.

En cambio los atributos de lo femenino están completamente desvalorizados en nuestra cultura. ¡Y están desvalorizados también por las mujeres!

Por eso, aunque encontremos a un hombre que esté dispuesto a ser una esposa, al poco tiempo no lo vamos a respetar.

—Me parece que a Roberto se le está yendo la mano con su zona femenina —se quejaba una amiga—, estoy segura de que anoche... ¡fingió un orgasmo!

Entonces para el hombre —que para equilibrarse tiene que desarrollar su lado "femenino", o sea, aprender a esperar, a acompañar, a ponerse en el lugar del otro, a compartir el protagonismo así como el trabajo de la casa y la crianza de los niños— esto se vive como una pérdida.

Por otro lado me pregunto: Las mujeres... ¿para qué queríamos la igualdad?

¿Para boxear?

¿Para jugar al fútbol?

¿Para ser policías?

¿Para ir a la guerra?

[Se suponía que nosotras queríamos el poder para cambiar las cosas, no para convertirnos en aquello que estábamos combatiendo]

Contrariamente a los hombres, las mujeres hemos cultivado un sentido de comunión con los otros, que nos permite participar de su éxito, sin verlo como algo que se opone al nuestro.

Buscar una participación cada vez más activa en la sociedad sin perder este sentido comunitario es el gran desafío y a la vez el secreto poder de la revolución femenina.

Por eso yo no creo que las mujeres debamos reclamar un pedazo de la torta que los varones han creado, sino que debemos crear junto con ellos una torta completamente diferente.

Una torta que revea desde los cimientos los conceptos del éxito, el poder, el trabajo y la sexualidad, y proporcione un nuevo orden a nuestra distorsionada escala de valores.

Un nuevo orden social basado en la cooperación, que quede fuera de los principios de jerarquía, mando y competitividad.

"Y el papel que le toca desempeñar a la mujer en ese futuro es más que preponderante —dice Marilyn Ferguson—, ya que los valores etiquetados como 'femeninos', la compasión, la colaboración, la paciencia, la nutrición y preservación de la vida, son los más urgentemente necesarios para alumbrar una nueva era de la humanidad. No se puede lograr ningún cambio sustantivo en la sociedad sin una combinación de amor y de poder.

"El mismo amor no es posible sin una dosis de poder o de autoafirmación.

"Y el poder sin amor se reduce fácilmente a la manipulación o la explotación."

Por ahora —para mi modo de ver— el patriarcado va ganando la partida.

Sus valores reinan en la sociedad y las mujeres los hemos aceptado totalmente.

El dinero es Dios y el éxito su profeta.

Sólo que al ganar, perdió. Cayó en su propia trampa.

Lo 'femenino' está tan desvalorizado que ya prácticamente nadie lo quiere ejercer.

No cotiza en pizarra.
Por lo tanto, va a desaparecer.
Pronto vamos a ser todos hombres.
¿Nos gustará así?

———————————

EL SEXO OCULTO
DEL LENGUAJE

HOMBRE = Género humano.

MUJER = De.

DIOS = Principio masculino creador del universo y cuya divinidad se transmite sólo a los hijos varones por línea paterna.

DIOSA = Linda.

HÉROE = Ídolo.

HEROÍNA = Droga.

HOMBRE PÚBLICO = Conocido.

MUJER PÚBLICA = Puta.

COMPLICADO = Interesante.

COMPLICADA = Puaj.

AMBICIOSO = Buen partido.

AMBICIOSA = Perra.

COMPETITIVO = Ganador.

COMPETITIVA = Mala.

ATREVIDO = Valiente.

ATREVIDA = Insolente.

SOLTERO = Candidato.

SOLTERA = Clavo.

HISTÉRICO = Indeciso.

HISTÉRICA = Loca.

SUEGRO = Padre político.

SUEGRA = Bruja.

AVENTURERO = Audaz.

AVENTURERA = Puta.

MACHISTA = Hombre.

FEMINISTA = Lesbiana.

Y etc. etc. etc.

El imperio
de la
insatisfacción

La insatisfacción femenina es directamente proporcional a su nivel de desarrollo.

Estamos insatisfechas porque estamos mal nutridas.

Física, emocional, psíquica y espiritualmente.

Estamos condicionadas desde el idioma, desde las leyes, desde las costumbres, desde la religión.

Riane Eisler —en su magnífico libro *El cáliz y la espada*— lee la historia de una manera diferente y subversiva.

Nos habla de una cultura matrilineal —anterior al patriarcado— en la que se adoraba a una imagen femenina de la divinidad, y nos invita a recuperar un pasado en el que los hombres y las mujeres vivían como iguales. En esa sociedad la gente veneraba el principio generador de la vida que está muy cerca del ciclo reproductor de la mujer.

"No hace falta inventar un discurso femenino —dice Riane—, sólo recordarlo."

Los hombres y las mujeres ya salimos de donde estábamos pero todavía no llegamos a donde vamos.

Somos a un mismo tiempo parias y pioneros.

Y estamos desencontrados porque seguimos tratando de relacionarnos entre opuestos que todavía no se han convertido en sí mismos.

Jung y la psicología profunda piensan que la psique es andrógina, que está hecha de componentes femeninos y masculinos.

Así, cada hombre y cada mujer vienen equipados con una estructura psicológica que incluye la riqueza de dos lados, dos sets de capacidades y fuerzas.

Como el yin y el yang en la psicología china, estos opuestos complementarios se balancean y completan el uno al otro.

"La psique —dice Jung— ve nuestra capacidad de relacionarnos y amar como una cualidad del lado "femenino" de nuestra naturaleza.

Y ve a la capacidad de conseguir poder, controlar situaciones y defender territorios como fuerzas emanadas del lado "masculino".

Para convertirnos en un hombre o una mujer completos debemos desarrollar ambos lados de la psique. Debemos ser capaces de manejar poder y de amar, de ejercer control y fluir espontáneamente con el destino.

Y uno de los mayores poderes de lo interno "femenino" es la capacidad de dejarse ir, de abandonar el control de la gente y las situaciones, de saber entregarse a manos del destino y esperar el flujo natural de los acontecimientos."

Lo "masculino" en nosotros busca la perfección.

Lo "femenino" acepta lo que es.

Esta completa aceptación de lo que es, es lo que menos ha respetado esta cultura.

La naturaleza jerárquica y separatista de lo "masculino" ha creado un mundo a su imagen y semejanza, unilateral y fragmentador, perfeccionista, analítico y controlador.

Y las mujeres lo hemos aceptado.

Por eso es urgente en nuestro mundo volver a poner en pie los valores "femeninos" de la intuición, de la mirada integradora, del sentimiento, de la fluidez y la introspección.

Pero las mujeres también hemos idealizado las actividades "masculinas" del pensamiento, la acción y el poder como las únicas de real valor.

Y sin embargo, son las actividades "femeninas" las que dan significado a la vida, la relación con otros, el estar atentos a nuestros sentimientos y valores, el respeto a la vida, a la tierra y al entorno, el deleitarse con la belleza de la creación y la autoridad del alma.

Lo "masculino" sigue la ley de lo social.

Lo "femenino" sigue la ley del alma.

Vivimos en una cultura en la que se ha amasado riquezas en una escala sin precedentes, pero de una enorme pobreza interna.

Como diría Groucho Marx: "Partiendo de la nada hemos alcanzado las más altas cumbres de la miseria".

Porque no estamos en paz con nosotros mismos

La mayoría de nosotros clama por un significado para su vida, por valores en los que se pueda vivir, por amor y buenas relaciones.

Para mi modo de ver, nuestra insatisfacción es el resultado de haber erradicado de nuestras vidas los valores de lo "femenino"

Tanto los hombres como las mujeres hemos sufrido esta pérdida y deberemos trabajar juntos para restituir lo "femenino" a nuestra vida consciente.

Pero nos va a hacer falta mucha paciencia mutua mientras atravesamos las aguas del cambio, porque la transición no va a ser sencilla.

Los varones de esta cultura son criados con el mito del héroe asesino como paradigma de la masculinidad. Nuestros niños quieren ser Rambo o Terminator.

Por eso la conquista es para ellos la máxima expresión del ser hombre.

La conquista de una mujer, de otros hombres, de la naturaleza, de otras naciones.

El gran desafío que les espera a los hombres ahora es el de abandonar definitivamente este mito por el de un héroe más cotidiano y más humano, que ponga el acento en la relación y no en la conquista, en la vida y no en la muerte

Y las mujeres deberemos abandonar para siempre el status de víctimas, la culpa, la bronca, y el sueño infantil del príncipe azul.

Lo que más necesitamos las mujeres de hoy es liberarnos de la identificación con los valores patriarcales y poder volver a relacionarnos con nuestra femineidad herida.

Seguramente ahora que estamos iniciadas en la acción podremos hacer algo por nuestras necesidades más profundas.

Como en un auténtico "viaje del héroe" deberemos usar nuestra recientemente adquirida energía "masculina" para bucear en lo profundo de nosotras mismas e ir en busca de lo "femenino" perdido.

Rescatar lo "femenino" en una cultura que lo desvaloriza es una tarea difícil y valiente.

Para hombres y mujeres.

Pero sin este paso previo y permanente, sin este faro orientador en nuestro camino, toda acción será hueca y carente de sentido.

Porque la mitad "masculina" de nuestra mente, al perder contacto con la mitad "femenina", se ha convertido en un poder que se ha vuelto loco sin la fuerza balanceadora del amor, los sentimientos y los valores humanos.

Y con esta piedra fundamental como base hemos construido un imperio.

El imperio de la insatisfacción.

CREER PARA VER

Me he referido a lo masculino y lo femenino entre comillas, porque me parece importante aclarar que —a pesar de todo el respeto que me merecen Jung y los otros investigadores— todo lo que digamos hoy sobre lo femenino y lo masculino son sólo aproximaciones, porque realmente no sabemos qué es lo femenino y lo masculino sino en relación a un contexto.

Y vivimos en una cultura que se ha ocupado de intoxicar sistemáticamente nuestras mentes con mitos que sirvieran para seguir sosteniendo al sistema dominador.

"La crisis del mundo es una crisis de percepción. —dice Fritjof Capra—. Porque nuestras creencias influencian enormemente nuestras percepciones, y pueden hacernos tomar como una verdad absoluta algo que en realidad corresponde a la manera dominante de observar en ese momento."

Nuestras creencias "inventan" la realidad.

La gente dice ver para creer.

Yo digo creer para ver.

Por eso estoy segura de que no vamos a poder llegar a saber verdaderamente qué es lo femenino y lo masculino hasta que las experiencias de las mujeres también hayan sido claramente registradas e integradas en nuestro estado de conciencia.

Y somos nosotras las que tenemos que defender la legitimidad de nuestra propia experiencia, y confiar en la autoridad de nuestras almas.

Las viejas ideologías no deberían ser reemplazadas por unas nuevas, sino por una nueva conciencia. Un nuevo contexto del pensamiento.

La armonización de nuestras energías femenina y masculina internas abre un fuerte canal creativo que puede conducirnos a la luz del ser.

Y entonces ser, lo más simple, se convierte en lo más revolucionario.

"El ser consciente de sí tiene acceso a todas las dotes del espíritu humano —dice Marilyn Ferguson—, instinto protector e independencia, fuerza y sensibilidad.

"Y la nueva conciencia también nos cambia la relación con el tiempo.

"No hay apuro porque no hay adónde llegar.

"Todo está aquí y ahora.

"Siempre estuvo y siempre estará."

Orgasmos
del alma

Voluntad de ser

*Ser: verbo nulo y misterioso que ha hecho
una gran carrera en el vacío.*

VALÉRY

Tal vez la única verdadera aceptación de la vida consista en aceptar la muerte como parte indivisible de ésta.

Y reconocer que el desafío de vivir consiste también en asumir las pequeñas muertes cotidianas. Todo nace y muere permanentemente.

Nuestro propio cuerpo es una danza de moléculas.

La transformación que "sufre" un ser humano durante toda su vida es tan extraordinaria, que resulta increíble ver con qué naturalidad se considera a sí mismo el mismo.

Personalmente, soy una azorada testigo de cómo van muriendo las partes de mi propio yo.

Como cáscaras vacías he ido perdiendo alternativamente el ego de la patria, de los mandatos familiares, del status social y del exitismo.

Eran pequeños tumores de los que me he ido operando a fuerza de voluntad de ser, y cada uno de ellos ha ido dejando al partir su cicatriz, su huella en mi cuerpo y en mi alma.

En el fondo sólo eran bolsas de arena, lastres que no dejaban ascender el alma para volar en el aire que es su elemento.

Y pude comprender el precio que pagamos por nuestra necesidad de ser aceptados, de ser parecidos, de pertenecer.

¿Por qué razón si no aceptaríamos una autoridad que

no fuera la propia para manejar nuestra vida?... ¿Qué nos impide practicar el libre albedrío?

El miedo.

Sólo el miedo.

Y sin embargo, cada vez que afino el oído hacia mi percepción más íntima, puedo oír claramente una voz que dice:

"Las riendas de tu vida son tuyas.

Si no estás dispuesta a tomarlas, alguien lo hará por vos.

Puede ser tu pareja, tu padre, tu hijo, tu mucama o sencillamente, la publicidad o el gobierno.

Hay muchísima gente dispuesta a manejar la vida de los demás.

Pero después no te quejes si no te gusta el paseo.

Deseo y amor

La juventud se desenvuelve entre la bruma del ensueño y es una época difícil para reconocer el propio deseo.

En ese momento, uno sólo se reconoce en el deseo de los otros, de ahí que ésa sea por antonomasia la época de la seducción histérica, del narcisismo agudo, de buscar el propio rostro en otros espejos.

Es imposible en esa época encontrarse realmente con otro.

Tan imposible como encontrarse a sí mismo fuera de uno.

En realidad, lo único que se puede hacer en ese estado de enorme necesidad es inventar al otro a nuestra imagen y semejanza.

Por eso es tan fácil enamorarse, porque lo único que hace falta es alguien a quien vestir con todo lo que uno quiere que el otro sea.

Y lo que uno quiere es que el otro sea uno.

Mientras podamos mantenerlo ahí, el enamoramiento es seguro.

Cuando la fuerza de nuestra propia proyección comienza a decaer y le quitamos de encima todo lo que era nuestro, el otro vuelve a ser lo que siempre fue para todos menos para uno.

Y se convierte en un desconocido.

Sólo buceando en lo profundo de nosotros mismos podremos reconocer el verdadero deseo, y al encontrarlo milagrosamente desaparece la necesidad de buscar.

Porque cuando uno está siendo —no pensando que se debe ser— el alma se despliega como una flor abriendo, y ese estado del ser, vacío de pronósticos, es a la vez fuente de máxima satisfacción y puerta abierta a los otros.

_____

Alguien dijo alguna vez que las palabras eran prostitutas a las que el poeta tenía que convertir en vírgenes.

El poeta no vino... ¿Por qué no intentarlo nosotros?

Comencemos pues con una de las palabras que yo considero más prostituidas:

La palabra "poder".

Comúnmente el poder se asocia con la omnipotencia, con la capacidad de someter, con el abuso, con la tiranía.

Con el "poder sobre".

Pero poder quiere decir que "se puede", que se está "capacitado para".

Tal vez si limpiáramos la palabra "poder" de todos los significados atroces que históricamente le vienen adosados, podríamos descubrirla en su esencia.

El poder es nuestro atributo, nuestro derecho y nuestro instrumento.

Y nuestra obligación como seres humanos es la de llegar a ser todo aquello que podamos ser.

Traicionar la confianza que nos debemos a nosotros mismos puede llegar a producir enfermedades del cuerpo y del alma.

Para mi modo de ver, el error más grande que cometió la civilización judeocristiana es el de habernos convencido de que somos débiles.

Porque la necesidad de someter, el abuso y la tiranía nacen de la debilidad y no de la fuerza. No son signos de poder sino de debilidad.

Hemos confundido a la omnipotencia —ese artilugio del ego— con el verdadero poder. Pero la omnipotencia es la otra cara de la inseguridad. Es un poder de mentiritas. Es endiosar a la parte para que crea que es el todo. Es el caballo manejando el carro.

La omnipotencia es el miedo a equivocarse.

Pero detrás del temor a la inadecuación y al error hay un temor más grande y es el temor a nuestro propio poder.

Somos muy poderosos.

Somos una tajada del infinito.

Dice Nelson Mandela: "Tu juego de ser pequeño no le sirve al mundo. No hay nada iluminador en jugar al pequeño, de manera que otras personas no se sientan inseguras alrededor tuyo. Y mientras permitimos que nuestra propia luz brille, inconscientemente le damos permiso a otros para hacer lo mismo. A medida que nos liberamos de nuestro propio miedo, automáticamente nuestra presencia libera a otros."

Poder es creer que se puede.

El DOLOR

El dolor —cualquier dolor— pertenece a una cierta frecuencia de vibración en nuestra mente. Como sintonizar una estación de radio.

Cuando algo nos duele, nos conectamos con esa frecuencia de vibración, y detrás de ese dolor pueden aparecer todos los dolores que habíamos venido sintiendo en nuestra vida.

Si tan sólo nos preocupáramos de cada dolor en su momento, viviríamos menos sobrecargados. Pero sabemos sufrir.

Cuando algo nos angustia —sea del grado de importancia que fuere— aprovechamos para abrirle la puerta al agujero negro de nuestras emociones negativas, que suele desbordarse sin piedad derribando a su paso todos los pilares de nuestra frágil confianza.

Si somos muy jóvenes y no tenemos demasiados dolores en stock, podemos acudir a los del inconsciente colectivo que siempre está lleno y para en todas las estaciones.

Así podremos sufrir con cada dolor todos nuestros dolores y todos los dolores de la humanidad en su conjunto, en una experiencia tan abarcativa, que puede comenzar en la corrida de una media, y terminar en el suicidio.

El arte de vivir

Todos los humanos mueren pero sólo algunos han vivido.

LOUIS PAUWELS

Uno de los síntomas más claros de la maduración espiritual es el desprendimiento de lo superfluo.

La verdadera madurez aborrece los adornos.

Y cuando no nos animamos a dejar aquello que ya sabemos que es falso, no estamos dejando espacio para que aparezca lo verdadero.

El camino para reconocer el propio deseo —que de eso se trata vivir— pasa por descubrir primero qué es lo que no se quiere, y comenzar a apartarlo de su vida.

De ese modo, se produce a un mismo tiempo una limpieza de cosas, personas, creencias —que uno ya sabe que le hacen daño— y un vacío repleto de confianza en que algo mejor aparecerá para llenarlo.

Por supuesto que este tipo de conductas no están al alcance de los que temen quedarse "sin el pan y sin la torta" ni de los otros devotos de la "seguridad".

No hay seguridad en crecer como no hay seguridad en nacer o morir.

Sólo hay una fuerza incontrolable de vida que busca expandirse hasta el infinito.

Y —cuando intentamos negarla— no hacemos otra cosa que morir en vida.

Pero, entregarse a este océano del ser sin preguntarse a dónde nos lleva, sólo es patrimonio de aquéllos con coraje para vivir, y que han decidido que su vida es su propia obra de arte.

Aquellos para quienes el comprender y desentrañar los misterios de su propia existencia es, a la vez que su mayor placer, su única posibilidad.

Y lo más extraordinario de este conocimiento es que no se puede adquirir.

Sólo cuando nuestras falsas creencias desaparecen por inconsistentes, el ser se restablece en sí mismo.

———————————————

El humor

(No se tomen la vida demasiado en serio.
¡No saldrán vivos de ella!)

HUBBARD

Le tengo miedo al fracaso
pero desconfío del éxito.

Yo fui una niña absolutamente miedosa y el miedo condicionó toda mi existencia.

A mi mamá no le gustaba que yo tuviera amiguitos varones, por eso —mientras las mamás de mis amiguitas les lavaban el cabello— mi mamá me lavaba el cerebro.

Y así crecí... ¡Libre como una piedra!

Mis amiguitos se podían contar con los dedos de un muñón.

Toda la vida me tuve que debatir entre el miedo o el pánico, porque estar con otros me daba miedo pero estar sola me daba pánico.

Finalmente elegí el miedo, que era igual que el pánico pero por lo menos... ¡conocía gente!

Pero en la adolescencia no me fue mejor.

El hecho de gustarle a los hombres no aumentó mi confianza en mí pero incrementó notablemente mi desconfianza en ellos.

Mi mamá me había mandado imprimir una remera que decía: "Sufro. Soy judía."

Mi destino ya pintaba como el de una tragedia griega/ judía (o sea una doble tragedia), hasta que leí en un libro que se podía exorcizar el miedo a través del humor, ya que el humor tiene la capacidad de cambiarnos el color de la lente con la que estamos observando la vida.

¿Y saben que es verdad?... ¿Saben que yo ahora tengo a alguien adentro mío... que se caga de la risa de mis desgracias?

283

Pero no fue fácil porque... ¡soy una mujer!... Y vengo escuchando desde que soy chiquita que las mujeres no tenemos humor.

—Pero —protestaba yo—, si el humor tiene que ser lo más irreverente, impulsivo, sin censura, atrevido, desprejuiciado... en realidad, el humor debería escapar a toda ley.

Y a las mujeres se nos pide que seamos discretas, humildes, dulces, respetuosas, obedientes, y —en lo posible— mudas.

Digan la verdad, con este panorama... ¿de qué carajo querían que nos riéramos?...

El humor es la única capacidad divina de un individuo.

SCHOPENHAUER

El humor es realmente una de las pocas alternativas válidas para descomprimir el dolor y para alejar el stress. Porque es precisamente la capacidad de producir una distancia emocional con el propio dolor, una especie de alquimia que puede convertir el dolor en placer.

La verdadera fuente del humor es el dolor.

No existe el humor sin víctimas.

En un mundo perfecto el humor no tendría razón de ser.

Mi padre me enseñó que la risa era un remedio infalible, y definitivamente lo es, pero yo descubrí que el humor es mucho más profundo que la risa y más satisfactorio que el entretenimiento.

El humor es una actitud, una manera de mirar la vida que nos ayuda a ver más allá de lo obvio, y a tomar distancia de los problemas triviales.

Pero no usado para trivializar lo importante sino para desinflar lo que está excesivamente inflado.

Por ejemplo, nuestros egos.

Por eso yo creo que el humor más alto que se puede ejercer es el humor sobre uno mismo. Porque penetra nuestras defensas tradicionales y nos demuestra la diferencia entre lo que decimos ser y lo que realmente somos.

Además de significar un gran paso hacia la salud mental.

Porque si uno puede correr suficientemente la mirada

como para reírse de lo que le duele, deja de identificarse con el dolor.

Abandona el lugar de víctima.

Adquiere un poder.

Humano... pero que parece divino.

Y definitivamente ligado al instinto de supervivencia.

Chaplin pensaba que un día sin risa era un día perdido y yo estoy de acuerdo con él.

Por eso me dediqué al humor.

Porque me gusta que la gente se tome las cosas seriamente.

Y estoy convencida de que las mujeres podemos hacer el humor tan bien como el amor.

Y les aseguro que es casi... casi igual de satisfactorio.

———————————

Índice